好好好

亦舒

事情是這樣的。

一日，易秀到舅舅家作客，聽到舅母這樣說：「吵？吵不起來，我一早看穿，我家亨利一走近，尚未開口，我便忙不迭點頭，『好，好』，不管他何種要求，都說好，他還能怎樣，故此，我家從來沒有代溝，一直和睦相處。」

語氣苦澀無奈，又相當詼諧，易秀不知如何應對，回來對母親說：「真怪，如此縱容兩個表弟，會不會寵壞。」

母親似笑非笑，「你說呢。」

這時，易秀驀然想起，自己堅持讀純美術，有一度與父親鬧翻，父女不說話達一年之久，終於母親偷偷替她繳學費食宿，才得畢業。

易秀賠笑。

母親吁出一口氣，「都是丈八燈台，照得見人家，照不見自身。」

易秀說不下去。

「記住，將來你的孩子走近，不要待他開口，便沒聲價晃動腦袋說是，是，好，好，否則，不是好父母，他們可能會與你斷絕關係。」

得到這個教訓，易秀再也不敢投訴表弟們頑劣不羈。

她記得曾經這樣恫嚇父母：「你們不支持也罷，我是不會讀會計法律之類枯燥項目的了，大不了申請獎學金，半工讀，我可以做女侍應賺最低工資。」

氣得父母翻倒。

因為搬出住宿舍，吃垃圾食物，且不計數量，與豬朋狗友哼哼哈哈，自由自在，體重暴增三十餘磅，腰間兩圈脂肪如救生圈，嚇得母親臉色煞白。

易秀知道母親心中想什麼。

——又笨又醜又髒又胖，這是怎麼一回事？妹妹易文曾說：「姐，你比父親還重。」

易秀氣得整月不給家裏電話。

易太太不甘心，這樣對大女說：「從未見過不愛美女生，你是第一個，小時多可愛，讀到古人風俗把先人葬在床底，好永恒親近，小小的你會說：『媽媽，太好了，我也把你葬床底』，今日為何疏遠母親。」

少年易秀不解，「老媽，你希望葬床底？今日社會規定往墳場殮葬。」

十八歲的人說話就是這樣倔。

易太太氣得眼睛發紅。

易先生長嗟短嘆：「讀美術，還要純美術，即是光談理論，不用動筆作畫，你說如何找生活？」

易太太答：「我日夜思量——」

「可有結果？」

「每月給三千生活費，按通脹遞增，你與我，少說話，多吃飯。」

「養一世?!」

「別說得那麼難聽，你我焉知未來。」

「想當年，我十八歲到銀行做辦公室助理——」

「你也想下一代比你舒服可是，老是說從前幹什麼。」

易太太想念從前小孩與貓狗都可以在街上遊戲歲月，聽也沒聽說過補習，自己能學多少便是多少，自己要爭多少氣便爭多少氣，做夢也沒想過，今日新一代把狗貓當孩子養，孩子當祖宗供奉。

易秀我行我素，一直在大學讀美術，學海無涯，一直讀到博士，成績斐然，居然找不到工作，她就留在大學教書。

總算有收入！父母已蝕煞老本。

現在輪到她，看到表弟們任性，引為趣談。

易太太又煩惱：「幾時結婚生子？快三十歲。」

易先生嚴重警告，「這次她如有事與你商量，千萬不可學弟婦『好，好』，萬一她說要嫁洋人，一定刊報斷絕關係。」

洋人？不是更壞就好。

「一位太太的女兒要嫁印度人，苦也苦煞脫，我們勸她：『不怕，很快離婚。』」

「我明白了，孩子受哪一國教育，會變成哪一國的人，十二年免費教育，不是白給你們。」

「不要談社會問題好不好，阿秀還不出嫁——」

「一個世紀過去，老媽們心思不變，嫁後又擔心生育，生女不如生男，女婿是否爭氣……」

易太太想，我這一輩子，就這樣糟蹋掉，不禁落下淚來。

遙想老太當年，也頗具姿色，著名聰穎，會得三文兩語，勤學勤工，一早貼補家用，為何英明神武的她竟落得如此下場，唉，人老珠黃。

這時可愛的易文會得伸近蘋果臉說：「媽媽，你還有我呢。」

易母啼笑皆非，才十八歲便考得十一個A的小女兒已升讀法律，如不是抱怨得到老父千度近視遺傳，便是惱姐姐老穿寬袍大袖不能借用，姐妹倆性格樣貌南轅北轍，易文從不在茶與咖啡裏加糖，天天上磅量度體重，愛美到極點，化粧服裝趨時，站在時髦刀鋒頂尖。

易秀記得，母親過了年餘，才終於提起勇氣，探訪她的小公寓，只見到處是待洗衣物、書本、筆記、速寫，以及吃剩的快餐盒，眉頭打結，「我叫女傭來替你收拾。」

「媽媽，獨居就是貪這點自由，不必浪費時間做家務，反正做了三天後又一樣。」老莊理論。

「洗衣機在何處，我幫你。」

「大廈地庫。」

「上落多危險，阿秀，你，你為什麼要如此吃苦，你想證明什麼？自小麥塞底斯接送的你現在竟去擠公車！」

「媽媽，因為每個年輕人都要經過歷練。」

易太太想哭，但知道看在女兒眼中，如此戲劇化簡直是笑話。

從此以後，心灰意冷的她學會說「好，好」，「媽媽，請撥款我得往歐陸參觀哥德畫作」，「好，好」；回來又胖多十磅，「請勿再提及體重問題」，

「好，好」；「請勿問陳大文與陸小明是否我的男朋友」，「好，好」。

母女團聚，說的卻竟是世界大事，「全球一半泡在洪水中，另一半警察荷槍實彈巡邏市區。」

「兒童醫院募款你可以參與？」

「樓價雖降，微不足道。」

一問到「阿秀工作上有何進展」，立刻閉嘴噤聲，廿多三十歲舊習不改，神秘透頂。

易文說：「姐，其實可以透露幾句。」

「免煩。」

「到底是媽媽。」

「女：工作很好，母：幾時升級，女：順其自然，母：你要爭取，男朋友也一樣，有着落否，女：慢慢來，母：『人家伍太女兒，看上一博士生，天天坐在宿舍樓下等，到處揚言是某博士女友，便終於成為某博士太太』，親愛的妹妹，我試過回答，母親沒完沒了，終於叫我拂袖而去，不歡而散。」

易文笑嘻嘻：「你脾氣僵，不宜學美術。」

這麼僵，像誰呢，父母都相當圓通。

「你呢，」易秀羨慕，「老爸老媽彷彿不擔心。」

「因為我聽話讀法律，且男伴如雲。」

「法科易找工作？」

「你才以為，」每一科每一系都不好讀兼難找工作，社會最擅長責難年輕人，新規例要跟老師外出就實例為冤案平反，寫成報告。」

「啊，我也曾為一幅畫作驗真偽。」

「姐，不是純美術嗎，為何如此複雜。」

「因為真跡牽涉到十億英鎊，贗品只值幾百。」

「那是誰的畫作？」

「有時間才與你講。」

「啐，姐真神秘。」

易秀已受夠家人批判，多說多錯，少說少錯，不說不錯。

那是一幅疑是十七世紀荷蘭大師倫勃朗真跡的油畫，易秀看到照片，只見色調、光影、筆觸，都像倫氏作品，但畫中人，一個阿姆斯特丹商人，左手搭在椅背，五指軟弱無力，叫她起疑。

她把大師畫中所有的手都影印比較，老師一見，點頭稱善，「你去倫敦與研究小組匯合，一起查證，結論無論是什麼，都加分。」

「公費？」

「自費，美術這一科，只合家中略有資產的年輕人修讀。」

易秀慚愧，她最怕向老媽拿錢，太不爭氣了，只推說往歐洲觀賞哥德文藝。

這次外訪，叫易秀眼界大開，嘆為觀止，她從未見過那麼多假畫，站在未辨真偽的該幅畫面前，她躊躇了，畫作顏色比照片鮮明，啊，這像人生，假作真時真亦假。

英方專家來自著名拍賣行及博物館，易秀飄飄然，有資格與他們一起做研究，幾生修到。

蘇連士拍賣行十七世紀畫作主管這樣說：「易小姐，貴校史密森教授極之推薦你，畢業後或可考慮到敝行工作，須知市面上名畫百分之四十八是偽作。」

易秀學東洋人那樣彎腰鞠躬道謝。

大英肖像畫館的助理館長是略為禿頂中年男子，立刻派下一連串研究目標，他自身每到下午三時便往天鵝酒吧，天天如是，英人。

這次出差整月，返轉之後，易秀不再幼稚，不過，仍然謹慎樂觀。

原來世界是這樣的，說穿了，不過是圍繞一個錢字兜轉，藝術，是炒賣工具。

有趣的研究過程容後再說，易秀痛定思痛，決定節食減重。

留英日子，她發覺眾人都善待她，給她機會，協助她，英人一點不似傳說中冷漠與孤傲，這是怎麼一回事。

與易文說起，她沉默一會，「不是因為你可愛，當然，你的確十分可愛。」

這模棱兩可才像是英人所說的話。

一日，她走進天鵝酒吧找那位美術館中生，看到他活潑半醉與其他女客調笑，咦，有異平日文質彬彬呢，一抬頭，驀然看到酒館裏高堂明鏡，怔住。鏡中人不男不女，不老不少，戴絨線帽，架千度近視鏡，外加羽絨臃腫外套，像一個貨車司機。

啊，她低頭回旅宿。

怪不得眾人都善待她，英人習慣是：對弱勢社群略有歧視，那是要叫人看不起的，小學裏往往派單獨保母特地協助弱智學生學習，但，誰會需要這種特殊優待？

她明白了，比從前更加沉默寡言。醜管醜，易秀工作能力不容小覷，大街小巷跑着找證據，她去了一次荷蘭，還有德國，與畫主後人細談，又查閱檔案，特別是二戰前後納粹在猶太家族處沒收名畫，又與實驗室聯絡，替畫作照愛克斯光，化驗畫布顏料畫框年歲……

一邊還做筆記傳給老師。

心中已決定改進自身外貌，不能叫美術科丟臉。

易秀見過其他女同學，有人紅髮糾纏披腰，像前拉斐爾派畫中美人，有人常年穿白色希臘袍子，扮出水維納斯，她，她像街頭塗鴉。

回到家，她往視力矯正處詢問醫生意見。

醫生說：「嗯，這麼深近視。」

「我還有一個妹妹也如此。」

意思說：是兩筆生意。

「但你角膜厚度適做最新鐳射手術，你滿廿一歲，今日便可以做。」

「即時做。」

打鐵趁熱，否則勇氣消失退縮。

看護循例解說手術風險。

易秀咬緊牙關握緊拳頭。

醫生笑，「毋須如此緊張，你已是我第一萬三千零五十三名客戶。」

矇着一眼出去，過一星期，回轉再做第二隻。

半夜，黑暗中，起來看時間，老遠也看到是凌晨二時。

為什麼不早些做，真是。

「啊。」易文似看到陌生人。

連忙教易秀畫兩條銀藍色魚形眼線，「沒想到姐皮膚這樣白，額角中央有桃花尖。」

她還有兩道希臘人似濃眉。

易秀的面孔，在她廿六歲那年，忽然凸顯。

易文不甘後人，也趕着見醫生，她膽小，請姐姐陪着。

醫生檢查，「易二小姐，你的角膜薄，不能做這個，需切開植入內部隱形眼鏡，更加先進。」

易文卻害怕退縮，哭着回家。

易母知悉，大發雷霆，「身體髮膚，受之父母，你倆如此輕視。」

所以，什麼都不可同她講。

「你們若去隆胸，先與我脫離關係。」

聽得多，也不麻不癢。

舅母生日，大家一起祝賀。

此時，易秀努力節食，已減十磅，仍然胖，但雙下巴已略淺。

有舅媽家年輕男親眷向她搭訕。

易秀心中有數。

舅舅說：「純美術是什麼一回事，說來聽聽。」

「很乏味，不好說。」

「哈哈哈，」舅父笑，「總比天文物理易懂，美宇航署最近說發現一黑洞，大如四億個太陽，為什麼不是四億零一個？哈哈哈。」

兩個表弟都讀商管，希望做華爾街之狼。

二弟坐近，「秀姐，幫幫口。」

「什麼事。」

「我請媽給我買一輛車子載女友，她反對又反對，這叫我如何外出交際，你同她說說。」

「什麼牌子？」

「波子，復古泰嘉型號。」

「不便宜。」

「大哥那輛鐵茲拉電動跑車豈非更貴。」

「你若知道什麼是泰嘉，我便做說客。」

「考我？泰嘉即地球寒帶森林。」

易秀微笑，走到舅媽面前，「我有請求。」

「別管亨利的事。」

「不是亨利，是大偉。」

「那種車太快，不好控制，免談。」

「又還不是瑪莎拉蒂。」

「照你說，又是好好好。」

「何必為一輛車子傷母子感情。」

「你不知他那幫同學，比試哪架四驅車厲害，在大學廣場駛下梯階，好幾輛卡住不動，校方報警。」

「大學生不做這些做什麼，你希望他們又乖又捱苦到唐人街炒菜乎。」

舅媽嘆口氣，「阿秀你說話合情合理我愛聽。」

「家母也覺我忤逆。」

「易子而教可有用？」

易秀只是笑。

不一會，大偉過來響聲吻表姐臉頰，易秀游說成功。

舅父走近，「阿秀，我看到大學替你印的論文：『鑑證阿姆斯特丹商人』，有趣之極，寫得平易近人，門外漢也懂得。」

「舅父不算門外漢。」

「哈哈哈，阿秀，我有齊白石難辨真假好幾張魚蝦蟹，你給我瞧瞧。」

「中國畫作另有專家。」

「唷。」

「不過，齊白石的海產不難辨證：若是奄奄一息狀若半熟，必然是偽作，鮮蹦活跳若躍紙而出，那就是真的了。」

「哈哈哈，有趣有趣。」

易秀找到易文，「你把我那本小書轉贈舅父？」

「你的書在大學書店擺賣相當暢銷，或許是舅父在該處購買，書已出版，擁有讀者理應歡喜，你為何鬼祟。」

「寫得不夠好。」

「教授在序文褒獎不已，不必謙遜。」

「得出結果，叫畫主失望。」

「咄，也叫博物館高價收買，作為示範教材，它確是古作，由倫勃朗首徒菲臘所繪，我這才知道倫氏生前擁有畫室，許多畫部份交給徒兒完成，嘿！大藝術家真會賺錢。」

「還不如莎士比亞，他的劇組在喜慶宴會作私人演出，收黃金作為薪酬。」

姐妹忽然手握手大聲笑。

是，畫不是倫勃朗真跡，不過愛克斯光透露，作者曾將頭部改過多次，如係仿作假畫，不必躊躇，照抄可也；畫布、顏料、木質畫框，都送往大學化學實驗室放大一百倍檢查，證明全屬十七世紀。

畫背有早期納粹收藏徽章標籤，追溯到原畫主人是奧本漢馬猶太家族，已無後人，全數葬身集中營。

多麼滄桑。

寫完論文之後，易秀跑到修道院坐了整個下午，直到晚禱時分，響起梵唱，她才離去，黃昏大群鴿子飛歸，更叫她感慨萬千。

她順利畢業之後，偶然接受蘇連士拍賣行聘用做研究工作，收取0.5%酬勞，拍賣行除出收取佣金，當然也索研究費，正是，有錢使得鬼推磨。別小覷這0.5%，也不是小數目，近年名畫價格已去到不可思議地步。

易秀漸漸在行內頗有名聲，她自由身，不代表任何白鴿眼專業機構，平時隱身低調，等閒不亮相，行內人對她好感。

一次，一幅蒙納的「海邊習作」，想進巴黎鑑證所門檻，只求他們看一眼，預約一年也不得要領，最後易秀去信，他們說：「啊，是Ms Yi」，一月內就排到期，但只冷漠看一下，便輕輕說：「偽作」，不過易秀抱畫飛機來回，也收0.5%。

受之有愧，有點像寄生蟲，之後，她婉拒好幾次任務。

仍然喜歡授課。

——「世上名畫藏品最豐富的是梵蒂岡，二是英國溫莎堡。」

「名畫蒙娜麗莎為何落腳法國羅浮宮？聽了不要失望，因為達芬奇當年為避債逃往菲臘二世宮廷尋求庇護，名作成為投名狀，達芬奇欠債？他預支酬勞，花得光光——」

易母漸漸不再對易秀表示失望。

但，幾時結婚呢。

經濟靠家時都不聽父母，經濟獨立更不用與長輩商量。

也許戀愛過一兩次，她決不提及，無從證實。

自易文口中，得到些少蛛絲馬跡：「外國人，金髮一圈圈垂到肩上，面孔像鮑蒂昔利畫中書僮，碧藍眼珠，漂亮得叫人想伸手撫摸——是真人嗎。」

「後來呢。」

「只見過一次，易秀陪他到台北外雙溪故宮博物院看畫，他留了下來，從此沒下文。」

「有沒有像真人的男友。」

「易秀喜歡畫中人。」

「許多畫中人十分猙獰。」

「歷代帝王都貌不驚人，還有，文藝復興之父麥迪啟家族男子都像狼，皇后與情婦們還算漂亮。」

「敢畫得不美嗎，哈哈哈。」

「啊，古時名畫家全是貴族與富翁的攝影機，且設柔美APP。」

暑假，她帶學生到英國肯德郡看假畫。

乘坐一名學生家裏私人十四座位飛機前往。

易秀原先推辭。

對方秘書笑說：「正好陳先生也要出差，順道，別客氣，陳先生說每位全程收費五百英鎊，包來回及食宿，設收據。」

原來是華裔，秘書講悅耳普通話。

她把陳小姐成績取出再看，分數中上，她鬆口氣，畢業不是問題，不會見私，但是，也照規矩，朝系主任正式申請，獲准。

「看假畫？」

「是，英國蘇格蘭場捕獲一假畫能手，十年賣出一千六百張各派名家假畫，仿真程度無比高超，許多畫廊被矇騙，他被判入獄三年，最近剛出獄，我與他聯絡到，願意接受採訪。」

「立刻前去，叫同學們寫報告。」

飛機主人並沒有出現，秘書說：「對不起陳先生未能親身招待，他到斯德哥爾摩開會，行程由我負責。」

易秀並無異議，在飛機上囑咐學生熟讀被訪者履歷，以免臨場問出「坐牢痛苦嗎」，「為何繪假畫」、「你妻兒可傷心」這種問題。

易秀假寢。

「易小姐可往臥室休息。」

「我這樣很好。」

「易小姐可是重遊英國。」

「我曾訪倫敦。」

「這次住在陳先生肯德郡大屋，另有風味呢。」

「是，是。」

沒想到是那樣大的大屋，佔地三十英畝三十間房間，附設馬廐、狗圈、蔬果園，還有十戶農莊，現代設施包括網球場與泳池。

同學說：「像旅館一樣」，又開玩笑，「陳同學，你驕傲嗎」，「從此另眼相看」，「男同學快上前追求」……

易秀亦嘖嘖稱奇。

華裔一向多富戶，但如此張揚，也還是最近出現。

同學們識相，兩人一房。

大家參觀陳小姐臥室，嘩，裝修全粉紅，似小公主宮殿，四柱床上設亮片紗帳，陳同學滿面通紅，「這是小時候的寢室」，無故道歉，大家都笑。

小書房裏掛着幾幅陳小姐親筆畫作，水準不賴。

食物供應相當豐富，自助形式，菜式健康，少紅肉，多海鮮，每人才收費五百鎊，超划算。

同學沒浪費時光，坐偌大院子寫生，光影技巧得到新啟示。

休息後起程造訪那位偽畫專家。

他在小屋門口迎接，啊，其貌不揚中年男子，衣着斯文隨和，語氣與肢體姿態都可親，想也想不到他真實身份。

一大群外國學生湧至，他笑着說是種榮幸。

引他們到閣樓畫室，一班人倒吸一口氣，閣樓上密密麻麻放着幾乎西方自古至今歷代複製品，只不過現在簽上他的名字，只要不冒名，學得多像都無所謂。

一個同學說：「看看連班斯基的塗鴉都有」，一個小女孩黑色剪影，仰望她釋放的一隻氣球。

學生們細細觀察，嘆為觀止。

大家坐在地板做訪問。

「先生，請問當初你如何走上那條路。」

答案：「我原是中學美術教師，一年，妻子與我離婚，丟下年幼子女，我得辭職在家照顧他們，走投無路，在報上刊一啟事：『真的假畫，特價而沽，每幅五十英鎊』，沒想到生意滔滔，我接觸神秘中間人，他提供各種同期真實顏料畫布，請看，這一盒粉色筆，是狄嘉當年畫芭蕾舞女用剩。」

易秀第一個翻倒在地，說不出話。

整班同學像接觸到外星事物。

「後來，越賺越多，明知犯法，難以收手，貨如輪轉，上得山多終遇虎，有一幅曼納，轉手數次，被某美術館耗巨資收藏，稍後紐約現代美術館發表啟事，真跡在他們那裏，館長丟臉光火，引為至大恥辱，急急追查，抓了中間人，供出我名字……」

大家如聽天方夜譚。

「同學們，記住，做藝術，一定要有自身風格。」

大家鼓掌，然後竊竊私議，在老師耳邊說幾句，易秀又低聲在那位先生跟前表示意思。

先生大笑，「歡迎歡迎，七折優待，我是生意人。」

易秀一直想在臥室掛一幅蓮花池，立刻選一幅尺寸大小適宜捧在胸前。

一時Yankee dollar，Pound Sterling，Euro都掏出攤桌上。

接着，他們乘十四座位到附近酒館午餐，吃炸魚薯條。

同學們合資請陳小姐與易老師。

誰說純美術系沉悶。

翌日，也是旅程最後一日，他們往國家美術館看真跡，啊，人物皎潔臉容上有畫家天份精魂所聚的顏色，觀者動容，所謂鑑證，不過是商賈標價途徑，明眼人一看即知真偽。

一直到回程，陳先生並沒出現。

易秀把蓮花池放角落，極之疲倦，即刻入睡。矇矓間一直聽到電話響，她欲掙扎去聽，力氣不足，終於放棄，只覺體力大不如前，暗暗嘆息。

不會是易文找她吧——姐，我要結婚了。

家長最等待姐妹倆這一句。

然後接着：「誰，多大年紀，何處工作，家裏有什麼人，可有積蓄，打算採取何種儀式」，大半與數字有關。

易秀終於醒轉，電話又靜止，世事一定如此，伸手進抽屜拿襪子必然只抽到內衣。

梳洗後易秀更衣，發覺又瘦兩磅，唉，仍然比易文胖許多，妹曾警告：「減重慢慢來，否則會剩鬆皮子」，十分驚人，「要全身擦油，以防皺摺」。

衣褲都鬆一個碼，約每五磅一個號，只要重十五磅，便是大碼，易秀此刻由加大變中，算是有交代。

她嘆氣：不為美觀，只為健康。

褲腰太鬆，摺一下算數。

坐在一起，學生與老師打扮差不多，運動衫褲，融洽無間。

學生聚集在工作坊，這大統間說話會引迴音，是易秀最喜歡的地方，冬日暖氣不足，她帶一條小電毯，放膝蓋，一坐好幾個小時。

講課，不聽電話，一看，又是易文，她走到走廊，「什麼事。」

「蘇連士拍賣行找你，追到我處。」

「我會覆他們。」

「姐，還有一件事——」

「你要結婚了。」

「不，我手頭有件離奇謀殺案，想與你研究，聽聽街外人意見。」

「對不起，我若有興趣，早已攻讀法科。」

「你是姐姐，你非聽不可。」

易秀忍不住，哈哈笑得無力蹲下。

她掛線找拍賣行主管。

「易小姐，急事。」

醫院才有急事，他們，顧客一出聲，也是急事。

「請你鑑定一幅畫。」

「何人、何作。」

「華裔畫家趙子元作品。」

易秀詫異，「抽象畫不是我的範圍。」

「可是你有法眼，易小姐。」

易秀啼笑皆非。

「我會派助手給你，提取檢驗樣本。」

「我——」

「易小姐，就在你家不遠的華昌大廈，廿分鐘車程，幫幫忙。」

「1%？」

「0.7。」

「一言為定。」

對方把畫作照片與未來畫主聯絡號碼傳來。

趙子元是早期旅法畫家，作品全部抽象，面積相當大，早幾年辭世，畫作有價，但未致於天價，值得投資。

但不應有偽作，因為趙氏作品全部由他法籍遺孀掌握，編成詳細目錄，畫落誰家，全部記錄在案。

老實說，抽象畫看照片面目模糊，非得看真相不可。

這一幅畫，是「抽象第一七零」。

趙氏畫作不予命名，只有號碼，這也令易秀覺得難有實質感，不如「白衣美女」、「巴黎哀傷」來得浪漫，但卻特別清冽。

她啟動聯絡號碼。

接頭人聲音清麗熟悉，「易小姐，你好嗎。」

「你是——」

笑聲如銀鈴，「我是陳珏先生秘書，易小姐還記得我嗎。」

易秀笑出聲，原來畫主就是同一陳先生。

「陳先生說：易小姐什麼時間有空都可以到華昌見面。」

「明日上午十時可以否。」

「那就是明日上午，我即時知會陳先生，易小姐，華昌會派車去接，我把你地址說一遍：可是——」

大公司做事就如此妥當。

第二早，她帶着一個乖巧學生同往，要她記住：多觀察，少開口，做記錄。

陳氏秘書小姐漂亮如女明星，笑靨迎人，帶師徒二人進會議室，雙門一開，便看見並排掛着兩幅畫作，同樣尺寸，約十二乘八呎，奪目而來的是凌厲筆觸，抽象線條像是要訴說一首詩，或是一件事。

師生輕輕說：「啊。」

秘書小姐說：「陳先生說，一幅確實是真，另一幅疑是真跡，請欣賞。」

她退下。

出了一個題目。

片刻，有人端點心果子進來。

易秀坐下，提起銀壺替學生斟咖啡，邊喝邊看。

畫作分別是一三八號與一七零號。

一三八已肯定是真跡。

她細細觀察，叫學生記下：「請拍賣行化驗師查究兩畫之顏料與畫布、簽名式及一七零出身歷史。」

學生記錄，並不說話，易秀知道她想說：哪裏看得出，她用心拍攝好些照片。

可是易秀已經辨別。

她坐下享用茶點，忍不住多吃一塊糕，嗯，淡淡清香綠豆糕，陳先生許是江浙人士。

師生靜靜坐着不動，享受偌大會議室清寧氣派。

過片刻，秘書來請：「易小姐，陳先生請。」

易秀對學生說：「你先回去，做一簡單報告。」

她跟秘書到另一頭私人辦公室，秘書推開門。

啊，易秀看到一個男子背着她彎身在大辦公桌前不知看些什麼。

他身軀傾向前，白襯衫緊繃，肩膊腰圍線條清晰，長腿堅強有力，看背後已知英軒。

他聞聲轉過身子。

易秀一句「陳珏先生你好」就要出口，忽然噤聲。

她怔住是因為從來沒見過那樣英俊的男子。

她揚起一條眉毛，作不得聲，眼前異性高大強壯，理整齊西式頭，穿普通白襯衫，領帶解鬆，捲起袖子，出聲：「易秀，久聞大名，如雷貫耳。」

個人魅力全在炯炯雙目，他配具傳說中「滿室是人可是當他與你說話時，你覺得室中只得你一人」那種異能。

易秀被他攝住。

他走近，她即時覺得逼力，口中輕輕說：「不敢當」，退後一步，感激陳先生贊助美術系旅英之行。

他又走前半步。
易秀半轉一個彎，啊，像跳探戈呢。
「易秀，請坐，慢慢談。」
易秀在一張較遠椅子坐好。
這時，又有服務員拿來新鮮茶點。
易秀搭訕：「家母也喜吃綠豆糕，坊間做得太甜，不如華昌這一碟子。」
他即時吩咐，「替易小姐包些回去。」
易秀咳嗽一聲，「關於一七零號——」
她抬頭，看到他正在看她。
陳珏被她發覺，立刻不好意思別轉頭。
易秀忽然臉紅，「請問一七零號抽象畫自何處得來。」
「我有收條，該畫來自琳瑯畫室，由趙氏獨子親身委託出售，琳瑯交到蘇連士。」

易秀吸口氣，「但眾所周知，在趙子爭產之際，正式合法遺產承繼人已表明外間並無趙子元畫作。」

「趙子表示，他父在生時，曾交予此畫，作為紀念。」

「那位先生，大抵環境有點窘逼吧。」

「不出你所料。」

這時，拍賣行科學鑑證員已經到達。

陳氏說：「我已找獨立人士作化學分子研究。」

「結果如何。」

「畫布與顏料全部相同。」

「趙子要價若干。」

「一百八十萬美元。」

「可有還價。」

「拍賣行已經食水甚深，而且若有疑團，即時收回，趙氏遺孀已聲明，一七零號若在拍賣行出現，必報警處理。」

易秀不以為然，「也太過一是一，二是二。」

陳珏出示照片，相中人正是一無所得的趙子，年紀也不小了，六十多歲，奇是奇在比他父親還要蒼老，困手縮肩，穿唐裝，似農村老人，絲毫沒有他生父那種瀟灑清癯樣子，他沒得到父親遺傳，也不像有能力繪偽畫。

「他從小隨母系親眷在鄉間成長，父子斷絕往來長久，法籍遺孀堅決否認他有承繼權，趙氏辭世之前，她已將畫作全數運往日內瓦，任何人向法國政府訴訟都無效。」

「瑞士方面呢。」

「趙氏並非瑞士籍。」

易秀怔住，做得這樣絕。

「陳先生的意思是——」

「如果是真畫，我願意與蘇連士交易。」

「那另一幅真跡呢。」

「是我去年在法婦處購買，說真，那位女士數十年來對畫家事業確有極大協助。」

易秀不出聲。

她靜靜喝咖啡，坐着像是不知時日過。

陳珏趨近一點，「易秀，請說話。」

易秀微笑，她從不知自己名字如此動聽，直至由陳珏說出。

「法裔女士說不是真的，大抵不算真跡。」

輪到陳珏不出聲。

易秀說：「你若是想做善事，那麼，該畫也是真的。」

「被你識穿。」

「兩幅畫掛一起，氣勢淩厲，氣派攝人，裝飾大公司會議室，再適合不過。」

「說得好，我決定購買。」

「可是，你仍未知真假呢。」

陳珏微笑，「藝術令人心曠神怡即可，化學檢驗，已大煞風景。」

易秀一聽，忽然覺得內心再傾慕這個人沒有。

這是一個懂得花財富的富人。

「那麼，」易秀問：「你為何傳我來辨真假。」

他一怔，微微轉頭看向窗外，「因為，我想再見你。」

什麼。

易秀沒想到他會如此坦白。

她燒紅雙耳，錯愕問，「你曾見過我？」

「在肯德郡大屋，我見你們高興，不想打擾。」

「我沒見到你呀。」

「那天你們大隊，捧着畫作回轉，嘻嘻哈哈，大屋頓生歡樂，我自樓梯張望，十分羡慕，是什麼叫你們如此快活？只見小女也手舞足蹈與一白衣年輕女子傾談，『老師老師』叫你，我醒悟到那就是她口中易秀。」

易秀聽到這裏，半張嘴，覺得蕩氣迴腸。

做夢也沒想到這中年生意人說話如此率直真情。

「我也想得到那種單純快樂，心中也知是奢望，半生在錢銀打滾的濁人，靈魂早已出售，哪裏配享歡樂。」

易秀聽得淚盈於睫，手中綠豆糕掉下，慢着，這也許是一種手法，她到底年輕，容易感動。

一片靜寂。

接着他說：「是我唐突了。」

幸虧秘書這時取進那盒綠豆糕，輕輕放桌上。

陳珏忽然發難，「我有叫你進來？你是新來報到？」

易秀嚇一跳。

秘書卻不以為忤，連忙退出。

易秀說：「我還有事，我得告辭。」

「多謝你走這一趟。」

易秀看着他，想說句「同學們與我也不是時時刻刻那般喜悅，快要考試，白了少年頭」，但說不出口。

在他跟前最好噤聲，有什麼不在他意料之中。

他替她開門，「我送你回去。」

「陳先生請回，不敢勞駕。」

他忽然微笑，左頰微露笑渦，牙齒雪白，「請再給我一個機會。」他說。

易秀有點頭暈，她站定定，動用全身力氣，這樣輕輕說：「陳先生，我會再與你聯絡。」

這樣，他才退後一步。

他們站在電梯大堂，不少員工經過，「陳先生」、「陳先生」。

易秀連忙走進電梯。

秘書追上，「易小姐，這盒糕點——」

易秀連耳朵都燒紅，輕輕接過。

秘書一直送易秀到門口上車。

她讓司機載她到娘家。

易母見她，開口打趣，「稀客，怎麼來訪也不知會一聲，不管什麼稀罕事，好，好，好。」

她把糕點遞上。

易母見細麻布包裹，上面印朱紅色「華昌」兩字，打開布結，是一隻小小原木盒子，也印着華昌，打開，是半打綠豆糕，小吃好滋味，清香滿嘴，她驚喜問：「這是哪家餅店？」

易秀撫摸面頰，總算不那麼燙熱了。

「易文呢？」

「她哪裏會在家。」

「母親，我還有事，我走了。」

「你到底有何事？」

「給你送點心。」

「好，好。」

她叫車回學校，與拍賣行視像對話。

那邊說：「鑑證結果還未收到，陳先生已決定購買，是你游說？」

「我怎麼敢。」

「希望畫主見好就收，別再推出一九三號或一三八號。」

「我也這樣想。」

「他是好心做善事吧。」

「我不知道。」

「報告來了，只說頗有可疑，我會將資料存藏。」

「據說，所有博物館裏，百分之四十八畫作有可疑。」

「你們華裔智慧說，假作真時真亦假。」

「還有：一日賣出三百個假，三年賣不出一個真。」

「哈哈哈。」

都賺到佣金，都快活無比。

陳先生不明白，普通人的快活十分簡單。

第二天，陳珏派人送禮物給易秀。

易秀拆下絲結，把盒子交回秘書，「我收下了。」

秘書微笑，「易小姐，我倆算是熟人，別叫我為難。」

「請問尊姓大名。」

「都叫我金鈴子。」

「鈴子，我怎麼好隨便收禮物。」

「拆開看一看，也許喜歡呢。」

「這是該與不該的問題，與喜好無關。」

「明白。」

「鈴子，你覺得陳先生是什麼意思。」

沒想到鈴子如此直接，「陳先生是追求易小姐。」

嘩，易秀退後一步。

這時，鈴子把禮物拆開，只見是一張薄紙上寫着綠豆糕製方與一隻木製糕印模。

易秀哈哈失笑。

鈴子加一句，「總得看一看。」

易秀鞠一躬，「我代家母謝過。」

「千萬不要把他當長輩，他會傷心。」

鈴子告辭。

易秀把印模放進抽屜，看到反刻一個珏字，這印模新製，易秀記得糕上是華昌兩字，這個模子，分明贈她，叫她記住那珏字，並非真用來做糕。

她聞一聞，木印還有檀香味道。

這人如此明目張膽追求她。

易秀自十五六歲至今，從未脫離男生「看戲好嗎」、「某畫展值得一看」、「逛逛沙灘如何」這種邀請約會方式，吞吞吐吐，若要吃飯，最好男女分攤付賬，迄今廿一世紀，男生仍滯留青澀少時階段，不願長大。

今日，易秀遇見真正男子追求異性魅力。

她握着小小糕印子，耳珠又漸漸溫暖，原來被需要感覺如此美好。

易秀有陳先生直線電話號碼。

她吁出一口氣。

一按谷歌，便可找到華昌陳氏資料，但是，她不願那樣做，這種搜查太不公平，為什麼不憑自身眼光與感覺看一個人呢。

別的途徑，均屬是非，不要以為科技發達，拐一個彎，不過名正言順地講是非與聽是非，其實變本加厲。

相反，易秀也希望陳珏不要查她的網頁，那張照片，還是大學時期報名照，她不是名人，網頁上並無不良傳聞纏身。

她站辦公室窗前沉思。

易文忽然出現。

她外觀條件同妹妹不能比。

易文容貌清秀，體重永遠維持一百零三磅，衣着亮麗時髦，精神充足，一進場便引人注目。

「姐，無事不登三寶殿。」

「說。」

「暑期，想往歐洲度假。」

「歐陸不平靜。」

「口氣太像老媽。」

「這是事實。」

「你替我瞞着她，說我往加拿大。」

「不可，萬一有什麼事，我擔當不起，還有，你不是中學生，放什麼暑假，你要跟老師翻案。」

「我得與一個德籍男生——」

「他若愛你，他會留下幫你做筆記，你切忌送外賣。」

「秀姐，你好不封建。」

「我還迂腐呢，對不起，我不做你同謀。」

「姐妹倆感情只好越來越淡。」

「真無奈，就快老死不相往來。」

易文啼笑皆非。

「那男生此刻可在門外？」

易秀出去看個究竟。

年輕人一頭金髮在陽光下閃閃生光，高大神氣，斜倚一部小小機車，穿破衣破褲，看到姐妹倆，笑着揮手，易文迎上，摟住他，躲到他腋下，他輕吻她頭頂。

易秀怔半晌，年輕情侶，糾纏甜蜜。

漸有淚意，心酸，不語，主意突變。

年輕人走近，「是姐姐吧，我叫漢斯。」

易秀回過神，聽見自己說：「去吧去吧。」人生能有幾許此情此景。

易文雀躍，「謝謝姐姐。」

易秀輕輕說：「吃好些住好些。」把一張銀行提款卡塞給易文。

易文擁抱姐姐一下，坐上機車而去。

姑息養奸？或許，她羨慕易文貪歡本性，她自知性格拘束，犧牲良多，故借易文代她作樂。

過幾日，易母問：「你可知易文往何處旅行，她說往魁北克研討加國對該省法裔制度。」

「她確是那麼說。」

易母見有保人，不再言語。

易秀也有生氣的時候。

與學生一起看記錄影片，報道若干文物流落外國，新主人均聲稱：「不知是盜竊之物……」

陳小姐頭一個冷笑，「不知？一切都是贓物！否則，九呎高石雕佛像，能長腳自動走往日本與歐美？」

大家拍手，「說得好。」

「這種氣事見得多，人會傾向義和拳。」

陳珏已經找她好幾次。

每次心平氣和留言：「可否靜靜一起吃頓飯」，「你不會拒絕正常社交吧」，「我已過了看電影階段」……

不知為什麼，易秀讀着會自然微笑，在他來說，類此平凡句子已經很不容易。

她也渴望見他。

她想看仔細他，五官、髮腳，他的肩膀，聽他聲音與呼吸。

為什麼要拒絕這種誘力？易秀知道。

他有家室，陳小姐是她學生。

曾聽學生說過，她有兩個頑劣不堪弟妹，每逢她畫好人像，他們便在人面上畫兩撇鬍髭，叫小姐姐生氣。

易秀知道這種弟妹，她的兩個表弟便如此。

有家室的男人是別人的男人，表面條件再好，也不作數。

更進一步的留言傳到。

——「我猜想你已有男友，故遲疑不決。」

易秀終於回電郵：「我沒有男伴。」

他大概在推理思考，忽然深夜回應：「我明白了，我離婚已經超過六年，前妻長居溫哥華」。

易秀閱過短柬，鼻子發酸，要一個忙碌生意人花時間精力猜度她的心思，並不容易。

——「喜歡中菜抑或西菜。」

「隨便什麼菜。」

「星期三黃昏六時派車接你。」

黃昏，哈，許久沒見到這種字眼。

易秀肩上重擔去掉一半。

易文不在家，易秀打開她衣櫥找適合衣裙。

要一件不像約會的約會裙子。

易文衣服之多，密密麻麻，有些連標價招牌都未拆除，全部擠一堆，眼花繚亂。

易秀終於找到一件淡黃小圓領斜角裙，但，窄腰，恐怕穿不下。

她儘管一試，叫她吃驚，拉鏈順利拉上，什麼，她能穿易文貼身裙，看到鏡子裏，千真萬確，但她一直還以為自己是胖女。

鏡中人有三分似易文，她再找到一雙平跟鞋穿上，也不知多合腳。

這些日子，每天易秀都以為自己起碼比易文大三號，她為什麼一直這樣看自身，為什麼一直覺得不及格？原來她已節食成功。

她呆坐許久，才拿着衣物回自己寓所。

用客觀眼光看小公寓，髒亂程度嚇人，愧為人師，多年堆積，絕非她獨自可以處理，立刻向家裏借傭人幫手。

忽然想起舅母這樣說過：「一切得他們自願，只要自願，從家步行往西伯利亞也不怕苦，否則，叫他們剪個頭髮像殺頭。」

易秀駭笑，這不是說她嗎。

早些日子，母親派人收拾她受侵犯私隱，會得生氣。

舅母又說：「像一團糯米那樣養大，日夜抱手中，又髒又臭，動輒大哭三小時，都忍耐下來，隨即供書教學，四季衣裳，接送上下學，找人補習，緊張成績，一有熱度，魂不附體，可是一旦成為青少年，立刻嫌棄父母，與剛認識的豬朋狗友交頭接耳，女友一聲令下如奉聖旨，倘若對他們抱怨幾句，他們會笑嘻嘻答：「『你原不必那般操心』，嘿！」

易秀忽然都想起。

她當然好不了多少，一直是母親抱怨對象。

怎麼到今日才醒覺。

易家生力軍到達，把舊衣物統統揀出，可怕，舊褲腰像減肥廣告中示範那樣足足可以裝下兩個人，裙子似帳篷。

那便是舊易秀。

傭人見她呆呆坐着，把所有不合身衣物放大紙箱內抬走。又清潔廳房，地方小，一下子做妥。

看清楚，原來只得一張小枱子與一張椅子。

走進廚房，咖啡茶包都欠奉。

傭人説：「大小姐，我們替你買些食品。」

她仍然不出聲。

老傭人乖巧，「大小姐可是想搬回家住。」

真是，當初為什麼硬要搬出，日久不可考。

片刻傭人回轉，大堆咖啡粉麵包火腿等年輕人食品，她心想，陳珏怎麼會吃這些。

她掩住嘴，為什麼要替這陌生人着想，她剛認識他，尚未約會，內心已經想討好他，這與舅媽口中忤逆兒有何分別？

她訕笑自己。

傭人開大窗戶點燃薰衣草香氛後離去。

易秀沒精打采，才發覺自己不是好女兒。

這幾年缺乏男伴，連鏡子都不大照，更不要說是檢討自己。

到達約會時間，有點緊張。

沒想到陳珏親自駕車。

小小電動車停在樓下等，他穿襯衫西服沒戴領帶，同記憶中一般英軒，他替她開車門。

易秀輕輕上車，薄料子裙有點涼，她帶着一領披肩。

陳珏微笑，「看到你真高興，你比上次又更年輕一點，叫我擔心。」

他呢，易秀這樣回答：「你也稍嫌太英俊了一些。」

他哈哈開揚笑，身上有藥水皂味，易秀深呼吸，那種暈眩不知方向感覺又再回來，不必再瞞自己，她深為他吸引。

他把車駛往鬧市，才黃昏，天色尚未暗透，霓虹亮起，街上擠滿約會花枝招展男女，他隨便停好車。

司機前來招呼。

這時，他握住易秀的手，擠進餐館。

領班馬上走近，「陳先生。」

穿過滿座西菜館大堂，來到廚房一個用玻璃隔開角落，只見小小一張兩座位枱子，「這邊，」替易秀拉開椅子。

廚子前來招呼：「陳先生，仍然我做什麼你們吃什麼？」

陳珏點頭，「照顧小姐口味。」

廚子笑嘻嘻走開。

酒侍取過香檳。

說也奇怪，廚房比大堂還靜。

想也想不到西廚做的是中菜，一客牡丹爆腰子香聞十里，易秀蘸些醋，吃了很多，糟，別又腰回來。

接着的黃魚羹並不搭腔，可是一樣可口，這像外婆請客，有什麼好材料做什麼，不管江南江北，美味即可。

易秀吃得高興。

陳珏給易秀夾菜，「我有三個孩子，你見過陳靜，另兩名叫陳思與陳香，今日少年，十分難教。」

易秀忍不住嘆氣，不久之前，她也是其中一名。

侍應盛上小小兩碗飯。

萬能百搭的香檳已經喝到第二瓶，他說：「單身父親，最怕學校命見家長，才想送外國寄宿，但實在不敢不讓他們學中文。」

易秀點頭，她與易文也是被父母逼着學會中文，叫苦連天，最怕名詞前加個張、頁、塊、片、位這些字頭，為什麼是一串珍珠，一頁紙，一根線？英語全部「A」多好，也捱過去了，如今相當慶幸。

「陳靜說老師中文很好，時讀中文書。」

「那裏，不敢當。」

甜品是銀耳炖木瓜。

「我叫他們多做一份給易太太。」

「謝謝。」

他忽然說：「要額外做工夫啊，她一定嫌我已經四十多歲。」

說得好像隨時預備登堂入室做女婿。

易秀咧嘴笑。

「易秀你笑的時候真可愛。」

易秀也看着他，這人，是真的漂亮呢，抑或她的喜悅內分泌欺騙她，叫她此刻看什麼都美好。

吃完飯，他們靜靜離去，有一桌客人生日，唱起歌歡呼，陳珏叫近領班，因是熟客，領班笑問：「陳先生可是請喝香檳。」

陳珏點頭。

他握着易秀的手離去，走到門口，「看，新月。」

果然，都會夜空看不到星，但清晰一彎蛾眉月，這一顆衛星，每晚不管陰晴圓缺照耀地球已有千億萬年，現在輪到他們兩人享用。

陳珏可能也想到有朝他們不在了，月亮仍然明亮，不禁把手握緊些。

易秀深呼吸，感覺溫馨。

聽到他說：「沒想到會碰到你，易秀，原以為離了婚，又有三個不大不小孩子，已失卻感情生活，若果要伴，也只得零碎約會，而我最怕這個週末約周小姐，下次又約劉小姐，每次重新複述一些場面話語，比獨留家中替孩子們補習微積分還淒涼，噫，我說太多了。」

「不不，我喜歡聽。」

「我只想有一個人陪我說說話，偶然旅行，也許跳個舞。」

「說什麼？」

「你可讀水滸傳。」

「自幼看熟，十分喜歡。」

「那就足夠說半輩子，你可還看三國誌？」

「喜歡到極點。」

「兩本書可以談整輩子，我沒看錯人，哈。」

「那麼紅樓夢呢。」

「唷，足可談論三百年。」

兩人都笑出聲。

他忽然轉過頭，輕吻易秀額角，到底還是男人，不會光談紅樓水滸，

「秀，我們結婚吧。」

易秀怔住，一切似光速進行，她接受不來，至少還要多見幾次吧，不過，

她也有靈感，知道她終於遇見了他，遲早會在一起。

她輕輕說：「我有許多缺點，你看清楚不遲。」

「那就訂婚吧，延遲三個月，方便我把財政及健康狀況向你報告。」

易秀笑得彎了腰，「時間晚了，明早有課，我得回家休息。」

他看手錶，「發生什麼事，明明像只過了一兩個鐘頭，怎會已經十一點，

天，這便是相對論的道理，時間，在愉快時分，特別去得快速，唉，許久沒有這樣開心暢所欲言。」

接着一段日子，易秀知道得他比較多，陳珏叫珏，因為他母親想紀念姓王的娘親，他們是加拿大僑民，祖上付過人頭稅，等足一百年，總理才用粵語說：「加拿大道歉」，叫陳家淚盈於睫。

陳家去到第三代轉做傢具，算是輕工業，他本人讀機械及土木工程，前妻門當戶對，家裏做製衣，兩家都有產業。

早結婚，到了一定歲數，發覺性格不合，妻子法語流利，但只會說一兩句中文客套話，一次看電視節目，聽到非洲黑人學生一口流利普通話，陳珏問：「閣下為何老是不願學中文」，別看這一句區區十個字，從此夫妻生分。

「是我不好，」陳珏說，但他知道那不過是導火線。

前妻設計時裝，他看到釘珠片花的男人西服不禁笑出聲，這自然也是罪名。積少成多，怨懟漸生，是，就是那麼孩子氣。

雙方均無外遇，但覺得拖下去半死不活沒意思，已到達相敬如冰階段，因此分手。

前妻在加國創立品牌，在加國上市，忙得太起勁，漸與子女疏遠。

易秀聽過女士給子女的電話留言，「啜啜啜，」先是響吻，「吃過飯沒有，記住每天吃一隻蛋蛋」，蛋蛋，狗狗，娃娃，她已忘記子女什麼年紀，最小一名已經八歲，喜閱裸女雜誌，聽到花花公子月刊改過自新不再刊登美人清涼照，他又未夠年齡上網，大呼荷荷。

這些都由陳珏告知。

有時，他們也談水滸，陳珏喜歡九紋龍，最同情豹子頭，兩人都不明為什麼每人都有一個綽號，「你外號什麼」，「大班，與珏字相似，易叫，你呢」，「大妹，阿秀」。

像兩名一見如故的小學生，手牽手，無話不說。

這個檔期，易文沒有音訊，賬單倒是寄到，易秀倒抽一口冷氣：二十多萬！

她打電話追究，沒想到易文已經轉返，「姐，我在家。」

「為什麼不知會我。」

「累得不得了，又得趕功課，母親又喋喋不休，對不起對不起。」

易秀還能訓什麼，忽然衝口而出：「文，姐要結婚了。」

易文那邊只餘空氣，隱約聽見老媽與傭人對話。

半晌，易文乾笑問：「姐，你同誰結婚？」

易秀沒好氣，「同男人結婚。」

「這人從何而來。」

「有機會告訴你。」

「父母知道否？」

「就快。」

「姐，他是大是小，相貌如何，可有工作。」

「什麼都有，什麼都好。」

「姐，一個人或一件事，如果好得不像真的，大抵不會是真的。」

輪到易秀乾笑，「他並非沒有缺點。」

還清醒得知道對方有缺點，彷彿有救，「說來聽聽。」

「你那德籍男友呢？」

「他要留德，不走了，我獨自回來，住慣本市的居民，無論到何處，兩個星期之後，都似判死刑。報告完畢，還是說你吧。」

「他年紀略大。」

「大多少。」

「十六年。」

易文明敏，「那自然結過婚，手續辦清無，可有子女。」

「三名。」

易文倒抽一口冷氣，「姐，不是好對象。」

易秀嘆息，「哪裏去找十全十美的人。」

「姐，我有女友，認識一個男人，一開口便說前妻有外遇夾帶私逃，他身兼母職，照顧兩子，過一段日子，那前妻出現，原來好端端是個在職主婦，做得蓬頭垢面，從未間斷。」

易秀不出聲。

「你要當心，我找人替你查清楚。」

老媽聲音傳來：「阿文你臉色鐵青，在說什麼？」

易文答：「在說這世界上有些男人要多下作，就多下作，媽，姐找到了人，要結婚。」

電話碰一聲掉地下。

反應比話劇演員凌厲。

整天沒有回應。

不是一直想大女結婚成家嗎，嫁出去，由夫家承擔。

她找到陳珏：「說了」，「說了」，「說了」。

「易先生夫人怎麼講。」

「大抵在開閉門會議，查你背景，消化消息，再議後着。」

陳珏沉默，「一定嫌我年長。」

易秀撫摸他臉，鬍髭扎手，她忍不住微笑，「與你在一起就高興。」

他最喜歡聽這種傻話，趁機吻她手心。

「我們私奔。」

易秀呼呼笑，「那是一定的事，誰耐煩宴賓客穿白紗。」

易文終於聯絡姐姐，「爸媽說，請陳先生星期六下午到家裏見面，決不改期。」

「明白。」

「叫他帶離婚及健康證明正本。」

「太滑稽了。」

「姐，這並非開玩笑。」

「明白。」

陳珏準時出現，他穿合身西服，沒戴領帶，特地理了髮，易秀見慣見熟都忍不住喝聲采。易文一照面，好一個英俊姐夫，不禁怔住，氣焰稍低，陳珏踏進易家，易太看到，啊，一表人才，聲音放軟，「陳先生來了，請坐」，易先生只覺女眷不爭氣，「坐」。

難得是陳珏一件禮物也無，空手隻身而來，呵，不，他連良民證都取出，還有三個子女錄影，齊齊對着鏡頭笑嘻嘻說：「易家公公嫲嫲好，文姨好」，都長得像安琪兒，易太太感動眼睛都紅，「好，好。」

易先生一本正經檢查各式文件，碰巧他認識辦理文書的律師，他五官放鬆。

易太太關心的另外一件事，「陳珏，你的前妻呢。」

陳珏爽快回答：「她不是敵人。」

「那是什麼意思，是朋友嗎。」

陳珏仍然坦白，「她是我子女母親。」

男子漢，不說前頭人壞話。

講得再明白沒有，有言在先，前妻自有她的地位。

易太太不再提問。

陳珏沒有禮物，易家也沒準備菜餚，女傭只說：「我做青菜煨麵吧」，加幾隻荷包蛋及一碟子醉轉彎。

陳珏笑嘻嘻，吃頗多。

飯後，易父問：「可要點拔蘭地。」

他答：「我不喝烈酒。」

這是真話，香檳不是烈酒。

「打算幾時舉行婚禮」，「即刻」，「什麼儀式」，「正式註冊」，「請客否」，「如易秀覺有需要，日後補請」，「住何處」，「新居」，「哪個地

段」，「大學附近，方便易秀上班」，立刻出示半獨立面海新居圖則。

再喝一杯茶，他告辭。

把文件留下，待易家慢慢看。

易秀說：「我送陳珏，你們慢慢談。」

陳珏自然摟着易秀腰離去。

易文嗒然低頭，「現在，居然還有肯結婚與願意負起女方生活的男人。」

「他年紀略大，屬半老式男子。」

小組會議開始。

「其實，他倆不必娛樂我們」，「易秀有孝心」，「是，沒有隱瞞」，「姐夫有錢」，「且不炫富，這才難得」，「姐也不喜穿金戴銀」，「我們給什麼嫁妝」，「姐不計較，留給我吧」。

「年紀是大一些」，「還有三個孩子」，「你看他子女雙目靈活，嬉皮笑臉，不知多滑頭」，「還有一名前妻」，「爸媽最希望女婿沒六親」，「易太太最開心，女婿見到她女兒簡直似見閻王」，「媽，你竟如此黑心。」

「事情來得太突然」，「今時今日，只能說好，好，好，還能怎樣」，「總需要登段啟事吧」，「他們會自發廣告，看，今日報上，富商之女在臉書上說：『我快做未婚媽媽，齊來恭賀』」，「不是真的」，「請看」。

這樣說來，易秀也是半個老式人，還算把父母放在眼內。

易文還打趣：「可要陳先生斟茶敬奉長輩。」

她有點妒忌，她與德籍青年通歐洲又吃又喝，花掉大筆，誰知金髮兒說：「對不起我不回去了」，怎樣，咬死他嗎？

近日不少外籍男子都發現東方女娘家多多少少有家當，而且，痛愛女兒，她們屬好吃果子，一個個與華女交往。

易文見姐姐出嫁，不知幾時輪到自己。

易太太說：「只是太漂亮了一些」，「像某個男明星」，易文答：「缺少他那種神采」，「你喜歡這姐夫」，「如果他虧欠秀姐，我徒手掐死他」，

「易秀不是他對手，差遠了。」

大家沉默，未來的事誰知道，是就是，不是即不是，切勿太早高興，也毋須悲觀。

「你看阿秀，整張臉發光，過去，無論發生什麼：一級榮譽畢業、找到優差、略有名氣……都很沉着，具大家之風，只有今次，神采飛揚，我從未見過她如此亮麗。」

易父答：「好，好，好。」

那邊，陳珏與易秀也在談論。

「沒想到小姨這樣標致，易家諸人好看得不行。」

「你們家也是。」

「什麼叫『你們』，現在應叫『我們』。」

易秀這樣說：「易文對外形疙瘩成性，真是一種磨難，裙與什麼鞋配對，髮型每年更新，連指甲長短都發議論，我比起她，好不邋遢。」

「你是自然派，她比較認真。」

「曾經說她：地球千萬兒童正在捱餓，你卻在乎一條皮帶扣是否純銀」，她答：「就是因為如此悲慘，有能力者應為地球爭氣。」

「從未見你們如此可愛兩姐妹。」

「你的前妻呢，她靠哪邊多一點。」

「她設計時裝，你說呢。」

易秀知道了，她是那種頭髮每絲都要放得井井有條的女子。

她叫高瑜。

打開美時尚雜誌，有高女士與美國時尚雜誌總編安娜雲托並排坐着看時裝表演照片。

她修飾得極時髦，略有斧鑿痕不可避免，穿着上世紀四十年代男生西服，中性打扮，有型有格。

幸虧已經不大來往，孩子們暑假與她一起，個多星期就逃回，說是管教太嚴。

大女陳靜不再敷衍，已有三年未去加國。

不過，在她處，陳靜陳思學會用全副刀叉，以及正式斟紅茶手法，為何英式？高女士同女兒說，英美是同一家，美第一任華盛頓總統未顯貴時曾在已故戴妃家寄居，當年他炒地皮失敗，負債纍纍，寄人籬下，用過的寫字枱還擱在那莊園，英人倨傲，自有原因。

易秀先兵後禮，說個明白：「我其實並不好相與。」

「你有大原則我知道，但小事不嚕囌。」

「新居如何裝修。」

「你說了算。」

「全體鬆白。」

陳珏笑，「有位太太也如此說，結果連牆上兩幅名貴羅富可畫也被油漆師傅鬆白。」

「畫作與電視熒幕除外，哈哈哈。」

也不用傢具，有限衣服用架子掛着，比起小公寓堆積如山雜物，剛剛相反，這是易秀人生第二階段，色即是空。

陳珏看過，「好似沒留我的空間。」

「你有半邊床位。」

「還未註冊就開始刻薄。」

「後悔還來得及。」

「決不。」

客廳面對露台外海天有張S椅，兩人無端坐着喝香檳，易秀覺得這就叫幸福，意想不到原來世上還真有這回事。

不一定要說話，握着手半日不出聲，也不上班，新婚就是這樣。

婚禮在陳家會客室舉行，滿是花束，走進，如花園一般芬芳，陳靜他們穿一式深藍服飾觀禮，外人只有金鈴子，這秘書知道秘密太多，不能不請她。

最漂亮當然是易文，淡玫瑰紅蓬裙，見沒有適齡男子，也不介意，在書房教小陳香跳華爾滋。

絕不鋪張。

大一點的陳思招待易先生太太，易文倒過頭陪陳香吃麵條。

「要送我寄宿呢。」陳香抱怨。

「你不介意本市學校功課煩苦？」

「到處一樣苦。」老氣橫秋，看破世情。

易文順着他意思，「故佛曰：人生為苦為樂。」

「文姨，你又漂亮又能幹又善解人意。」

「哪有你說得那麼好。」

「娶妻當娶易文姨。」

「喲，謝謝，不敢當，你怎麼看易秀姨。」

「秀姨是沒話講，她尊重我們，與我們平起平坐。」

那好，沒有晚娘臉。

「記住和睦相處。」

「明白，爸說，無論幹哪一行，最主要是學會與人相處，其二，才輪到才學。」

易文也疑惑，「什麼叫與人相處學問？」

「爸說，那叫凡事留一線，以後好見面。」

「是，是，還有呢。」

「過得人家，才能過自己，和氣生財。」

「啊，你都學會沒有？」

「在學校操場，已經有用。」

「陳香，你是個明白人。」

「是呀，我天生好脾氣，文姨，我們再練一練華爾滋可好。」

「練熟，下次教你探戈。」

「嘩，文姨，你真好。」

易文也高興得到這一個小小圓熟新外甥。

她替姐姐慶幸。

易文過去看姐姐婚戒，只是一列小鑽石，毫不起眼，可以天天戴。

這時有人按鈴，傭人一時沒聽到，易文去開門，發覺是一個年輕人，易文看到，雙眼亮起。

他也一臉笑容，「我找陳靜。」

一邊陳靜已經飛躍出來迎接。

易文嗒然，十六是十六，廿六是廿六，她不知錯過什麼，此刻被卡在兩代之間，不上不下。

沒趣，與陳香並排坐着鬥新盜墓者電子遊戲。

主禮官先告辭。

金鈴子收到大封紅喜包，代送易家父母回府。

陳靜與小男友上街看電影。

家裏靜下來。

傭人收拾食具聲音叮叮，易秀看着他們總動員。把杯碗收起，枱椅放好，重新換上桌布花瓶。

她易秀會是一個好主婦否。

當然不，她只會做蒸蛋湯與三文治，陳府上述排場，怕還是前陳太太留傳。

易文最遲走，陳香不捨得，拉着手送到停車場。

陳思取笑他，「你找到女伴了。」

他也笑答：「文姨改天替我補課。」

陳珏走出，「我回公司一會。」

陳家只剩她這個新女主人與兩個孩子。

她想回新家，被陳思叫住，「秀姨，請你陪我讀王子復仇記。」

陳香說：「我也來，給我一個小角色。」

「你先演堡壘中見鬼士兵，再扮守墓地的醉漢。」

陳思說：「我扮奧菲莉亞。」

易秀提起精神，先把故事大約說一遍。

陳香意見最多，「嘩，那麼毒。」

「嘿，麥克佩斯與李爾王更激。」

傭人見他們融洽無間，微微笑着退下。

易秀捧着大咖啡杯，與陳思對讀。

如此靜好，超乎預期，滿以為孩子們會略為刁難，卻意外融洽，彼此尊重，還未到相愛地步，故能維持禮貌距離。

不知這種愉快感覺能夠維持多久。

門鈴響起。

易秀一怔，頓有不祥預感。

她抬頭。

大門打開，皮鞋聲在大理石玄關咯咯響，有說話聲音，易秀不方便張望。

只見傭人鬼祟退開，咯咯鞋聲繼續在地板發響，一個女子站到書房門口。

陳思與陳香抬頭，站起。

咦，這是誰。

只聽得女子問：「你是誰？」用的是美式英語。

易秀也想問她是誰，只見她化粧衣飾一絲不苟，深紫色外套長褲十分華麗，她把鱷魚皮手袋放下，「咦，讀王子復仇。」

易秀趁她尚未說：「你可是家教」之前，先虛假微笑，「我是易秀。」

她一怔，也接着說：「我是高瑜。」

孩子們這才稱呼母親。

高瑜打量易秀，見她膚色晶瑩，態度大方，一派「我是女主人」模樣，卻還不失禮貌，她的身體語言也逐漸緩和。

果然是溫香秀美的一個女子，陳珏有眼光。

她閒閒問：「不是今日行禮嗎？」

陳思不想多說：「我們回房溫習。」

彷彿對母親出現不覺突兀，對她也不表示好感。

高瑜說：「我自北京到本市參加一個宴會，有六小時空檔，借府上休息一會，沒有問題吧。」

語氣像老友。

「當然不，你請便。」

高瑜忽然笑，「沒想到你這樣漂亮。」

「哪裏哪裏。」

不料高瑜幽默回答：「渾身上下的氣質。」

「謝謝高女士。」

她問：「陳珏何在？」

「他說回公司。」

高瑜微笑：「這個『他說』甚妙。」

易秀不便搭腔。

大約是陳思知會父親，陳珏回轉。

他臉色陰沉，「閣下怎麼不通知一聲就出現。」

「我找陳靜。」

「陳靜已再三表示不願前往加國。」

「那麼轉赴紐約，在本市讀美術有何出息。」

這話刺耳。

這時陳靜也收到風回家。

一進門看到母親便說：「我不會離開這個家。」

這話叫高女士下不了台。

陳靜還要加一句：「我已過廿一歲，我有自主。」

來了，都這樣說：衣食住行零用全靠家裏，但，她要自主。

陳靜躲到易秀身後。

一切看在高瑜眼裏，「易秀你彷彿地位不低。」

陳珏這樣說：「你別找易秀說話。」

兩個人語氣腔調，都有點猙獰。

陳珏鐵青面孔，像換了一個人。

陳靜連忙把易秀拉開躲進書房，掩上門。

外邊吵架聲還是很清楚。

「陳思可沒成年。」

陳珏不再出聲。

「陳香這年紀正好往英寄宿。」

「……」

「你已有另外一個女兒。」

「……」

陳靜悄悄說：「爸總避免你一句我一句，他說，男人不可與女人口角，太不像樣子。」

易秀微笑，這下略有淒涼，高瑜女士恐怕會是陳府常客，不管真身是否出現，但影子總常在。

易秀完全不想介入。

終於，陳珏這樣說：「有事，你與殷律師說。」

「為什麼你我之間要靠律師傳話？」

陳珏不出聲，他回樓上關門。

易秀覺得她是女主人，應該打圓場。

她緩緩走出，輕輕說：「我讓司機送你。」

高瑜女士卻不生易秀氣，也不諷刺揶揄，她取出一塊尼古丁口香糖咀嚼，「醜態都叫你看了去。」略有愧意。

易秀忍不住說：「反正你也忙，讓孩子們在家多住一會。」

高瑜嘆口氣，情緒略平，「我自問是個做事的人，平時不知應酬多少人等，總能平息歧見，達成共識，只有見到陳珏，火冒十丈，他最能把我至壞一面帶出。」

易秀駭笑。

「我怎麼會對你訴苦，真叫你笑一輩子。」

「不，不，不妨。」

「我不宜多講，我與陳珏，都有點驕傲，不會在背後說人。」

那叫自尊，不是驕傲。

高瑜自家的司機迎上，她說：「往殷律師處。」

易秀忽然扶住車門，想做談判中介。

高瑜多麼精靈，立刻知道她的意思，這樣輕聲說：「我已失去陳靜，兩個小的，真想留自己身邊，他們可是我辛苦十月懷胎生下的孩子。」她忽然鼻子發紅。

易秀垂頭。

「謝謝你，易秀，我十分慶幸你是個讀書人。」

她上車離去。

易秀想，今天好長，發生這許多事。

她敲陳靜房間，「可以進來否。」

陳靜隔着房間說：「老師請進。」

易秀索性躺到粉紅色小床。

「母親總不問可不可以，她幾乎一腳踹開房門，從不顧我感受。」

「因為她是你生母呀。」

「老師，我不會到天寒地凍的多倫多或是紐約。」

「其實，讀萬卷書與行萬里路是正確意見。」

「老師，你做說客？」

「是為着小男朋友嗎？」

「才不是，我不乏男伴。」

這又還好點。

「我沒有打動你意圖。」

「我知老師不會左右他人選擇。」

因為陳靜不是她十月懷胎，辛苦擔憂孕育，然後忍痛生產，一團粉似成年累月抱懷中餵養，她當然客觀客套。

易秀想說，不要與生母生分，子不言母，但是不好說，她與自己老媽也不算親密，她回到陳珏房間。

他不知書寫什麼，看到新婚妻，伸手招她，讓她擠他身邊，然後，默默把臉窩在她肩膀，聲音沙啞，「最差的一面都叫你看見」，心有不甘，精神萎靡。

逢人都有這一面，沒甚稀奇，活得過三十歲，衣櫥裏都藏有一兩具骷髏，一下子抖出，真嚇人，可是，無可避免。
易秀輕輕用手指梳理陳珏頭髮。
他輕輕說：「感覺良好，像母親當年安撫我睡覺。」
易秀不出聲。
「不要與她講太多。」
此刻易秀也發覺，高瑜不難親近，他們兩位都是成功人士，自有魅力，讓別人不設防。
傭人通報，「陳先生，殷律師來訪。」
陳珏嘆氣，「全不預約，陳家像茶室，進來便可以坐下。」
易秀微笑，「我回舊居休息，換上運動衣才是我自己。」
陳珏抱緊妻子，「不要走遠。」
走到樓梯口，看到殷律師，她是容貌清癯中年女子。奇是奇在用一枝名貴銀頭拐杖，用來協助走路。

易秀站停向她點頭，她也說聲「你好，陳太太」，聲音低沉。
易秀吩咐傭人給律師一杯鹹甘橘茶潤喉。
她回小公寓。
臥室那張小床有熟悉氣味，像動物的窩，她一倒下就睡熟。
真的，一位名女人說得對，沒有什麼事比結婚更累。
易秀今日有充份了解。
忽然多一班姻親，連律師都上門。
她想念小公寓。
但她也更想念陳珏。
不知睡多久，身邊忽然擠上一個人，她聞到氣息，知道是丈夫。
床太小，他一半人壓在她左肩，十分旖旎，她輕輕說：「陳珏我愛你」，他說：「我也愛你」。
他也疲倦，二人擠着睡，第二早必定腰痠背痛。

還不止這樣，易秀整張臉被鬍髭擦得紅紅。

放學時有人在門口等她。

那是殷律師。

「謝謝你的鹹甘橘茶，管家讓我包了一些回家，我現在來回禮，可以喝杯茶否。」

律師一定有話說。

上車，她這樣講：「新婚第二天就上課？」

「我拿不到假。」

「能者多勞。」

易秀微笑，「殷律師，客套話就別說了。」

殷律師凝視她，「陳太太，高瑜說你聰敏到極點，根本不用講場面話。」

「哪裏哪裏。」

「渾身散發明敏氣息。」

易秀笑，「殷律師才是高人。」

「事情是這樣的，陳先生情願打官司也不放子女。」

易秀說：「真是難。」

「其實，陳先生新婚，將來必定會添子女。」

「殷師，這是他們之間的事，與我無關。」

「可是，你想想，那些成年與將成年子女離開陳家，對你來說，只有好處。」

「殷師還是看低我，我不要什麼好處，對我來說，講得肉麻點，我只圖陳珏這個人。」

講得如此坦白，殷律師無奈，「你說一句，好過我們講十句。」

「就因如此，怎可輕易開口，陳珏如此堅持，其中一定有嚴重因由，殷律師，你一定知道，他倆緣何分手，有何不能冰釋的誤會，解得開也許就可以和平解決。」

殷律師訝異，「我還是第一次啞口無言。」

「改天喝咖啡，這裏放下我就好。」

傍晚易秀對丈夫說：「殷律師找我。」

陳珏生氣，「這老巫婆我明日就開除她！」

「喂，男人別罵女人。」

他整晚生氣。

易秀逗他說別的，「舍妹易文幾乎一有空就到陳宅出沒，不是補功課便是教跳舞。」

「華昌應當付薪酬給阿文。」

「陳家孩子不難相處，與他們母親，卻不願多說一句，奇怪。」

陳珏知道年輕妻子有意無意套他說話。

他撫摸妻子額角，易秀是那種罕有年近三十歲看上去還似廿歲上下的女子，額角仍長碎髮。

易秀說：「不必為我擔心見什麼人。」

「你會學得他們那樣刁鑽。」

「那是因為你喜歡我的原因，我並不比任何人純良。」

「你口氣像陳靜，她是你學生，她聽你。」

「所以更加不能多話。」

「易秀，我要往加國西北參觀一個林木場，你可願陪我前往。」

「可有冷熱水供應。」

「那是一個小鎮，還設酒吧與脫衣舞場。」

啊，真確，有男人的地方就有這種去處。

「全世界缺乏自然資源，打算考察一下未雨綢繆，最好把小鎮連木廠一起置下，這般買賣需與省府商洽。」

易秀不知陳珏如此富有。

「育空區此時氣溫只得攝氏三五度，你準備一下。」

陳香知悉：「我也去，帶我一起。」很渴望樣子。

陳思說：「爸一輩子不與我們旅遊，公幹也不帶我們。」

陳靜說：「你們若把我留家中，我會離家出走。」

陳珏答：「那只好與管家一起，照顧你們。」

管家擺手，「我不去北大荒。」

陳珏嘆氣，「你看這家人。」

易秀說：「我來照應。」

「娶你不是叫你做保母。」

易秀靈機一動，「求求小鈴子。」

小鈴子一口應允：「我不知想往育空觀極光多久，今次希望看到。」

結果保姆也願同行，擠滿一架小型飛機。

易秀認得這架飛機，上次與一班學生往肯德郡坐的便是它，沒想到短短幾個月，她成為它半個主人。

自小飛機下來，改乘卡車。

曠外空氣清冽，大家都深呼吸幾下，保姆是東北人士，像回到故鄉，不知多高興，她還認得密密高大常青樹是冷杉。

他們被安排在一間Log house住，屋子牆與頂全用大棵原木建成，純天然，熊熊爐火，讓小小陳香說：「我不回去了。」

大家看着他笑，不願去英國，倒是不介意北極圈。

兩隻看門巨大赫斯基犬緩緩靠近，陳香與牠們窩成一堆。

陳思有點怕，「看牠們雙眼碧藍，像諳人語。」

管家說：「牠們，根本就是狼。」

「危險嗎。」

「像人一般，吃飽了就溫馴。」

「什麼叫做飽？」

大塊頭管工笑答：「放心，牠們知道飽，不知飽的是人。」

說起一班藍領伐木工人，他們體格壯大，個個高六呎多，兩百餘磅重，陳珏本來夠強壯，比較之下，就顯得矮小。

一幫人坐吉普車參觀林木場，「多大」，「三萬公頃，全屬種植，最年長十二年，但環保人士纏住不放。」

「聽說全球30%的樹木在加國，為何還如此緊張。」

「就因為緊張，才不致失收。」

駛近一塊空地，管工指一指，「下車看奇景，有一男一女兩個環保仔住在簡陋樹屋上已有整月不願下來，食物與水都吊上去，我們有空給他們送冰淇淋及熱可可。」

易秀駭笑掩嘴。

陳香問：「那麼，總也得上衛生間吧。」

「他倆此刻似穴居人。」

「能夠救這棵樹嗎。」

「不行啊，他們會得寸進尺，凡是有紅色標誌樹木，均已成熟待伐。」

樹林內昆蟲特多，尤其是蚊子，「牠們不是熱帶生物嗎。」

管工呵呵笑。

陳香全神貫注拍攝記錄，一派未來木廠小老闆模樣，不枉帶他走一趟。

晚上，保姆做餃子，一邊做一邊下，管工說：「這餃子太好吃」，吞下五十多枚，驚人。

保姆說：「我叔父能吃一百顆。」

晚上，陳珏在廠房開會，易秀先睡，不久，有小小聲音，「秀姨我聽見狼嗥，害怕」，擠在大床一起，再過一會，陳思也來，「冷」。

等陳珏回轉，一看只得到客房睡。

第二早，推醒易秀，「噓，別吵醒他們，更衣，我們到工廠參觀。」

「孩子們呢。」

「工頭安排他們做木工。」

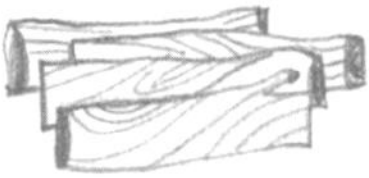

易秀手無縛雞之力，這時嫁夫隨夫，換上工作服，跳上工車。

「這是早餐。」

一看，出乎意料，「這是藏族的酥油茶！」

「數它最管用，現在連華爾街都作興喝這個提升智能體能。」

進入伐木廠，全部重型機器操作，先削去樹皮，然後切成板狀，轟隆轟隆，戴着工業頭盔，說話聽不清楚。

竟嫁進這樣一家人，也許，高瑜她自始至終不習慣。

稍後陳珏說：「你先回去，陪孩子們吃鹿肉。」

管工載易秀回大木屋。

她問大塊頭，「這林木場，算是大型？」已覺浩瀚。

他笑，「只算中小型。」

「聽說有棵世上最長壽大紅木樹，自中華宋朝就生長迄今。」

「那不在育空，它是紅木，在太平洋岸邊寒帶森林生長。」

「叫你見笑。」

「怎麼會，都市人也有專長。」

經過伐木場，只見裝着輪帶坦克似鋸車駛近成年樹木，圓型樹鋸箍牢樹幹，像血滴子般迅速轉動，一下子樹幹斷開，大鐵鈎把它們鈎上貨車。

空氣中充滿木屑清香，有專家説，這是樹木臨終前發出警示，知會同伴「危險」，難怪環保人士反對砍伐任何一棵樹。

回到營地，連小鈴子與保姆都動手做木工，她們與孩子們做小小獨木舟。刀一歪，陳香傷手，易秀見血，大驚失色，急忙奔近，不知絆住什麼，摔一跤，連叫糟糕，急忙爬起，她也擦傷一手血，可是不顧一切，「陳香陳香你怎樣。」

陳香見她奮不顧身，感動，上前緊緊抱住，「我沒事，媽媽，我沒事。」

忙碌中只有易秀聽到陳香叫媽媽。

結果是陳香只需貼一塊膠布，易秀需要三塊。

雕刻木船決定統統帶回家。

他們竟夜輪更守望，結果並沒有看到極光，小鈴子不甘心，「下次再看。」

陳香高興，「我手上有疤，男子漢都長疤，哈哈哈。」

陳思沒好氣，「神經病。」

陳珏回轉，仍穿工作服，好不英軒。

陳香上前，掛在他背後。

他對易秀說：「省府最近不願出售大片土地，怕買主更改用途。」

「合約上可以訂明。」

「正在商議。」

陳靜說：「請父親安排我們到北極海觀光。」

「你們先回家才真。」

「父親——」三個孩子睜大眼睛看着陳氏。

小鈴子輕輕說：「聽說有水陸兩用飛機可飛上空觀光。」

易秀說：「難得一見。」

陳珏嘆氣，「你看這家人。」

小鈴子立刻說：「我與管工安排。」

陳珏聲明：「繞個圈就回轉。」

那一家人當然沒聽陳珏忠告，兩用直升飛機在冰川輕輕降落，他們一家站在萬載玄冰之上，忽然激動，陳思先落淚。

遠處有海豹窩在冰上休息，「北極熊呢」，「你不會想見到牠們」，才說着，對面山有大塊冰川碎裂落下，激起萬丈海水，壯觀無與倫比，他們驚呼：「的確正在快速融化。」

回程，依依不捨，岸邊原住民聽到螺旋槳聲抬頭揮手。

陳靜說：「大自然不可思議。」

每個人心情都似比來時寧靜，眼界寬闊之後，心緒也寬廣。

「不枉此行」，「幾時往大西洋省份」，「希望這次陳先生生意成功」，「今日才明白為何環保」，「地球真美麗」，「億萬年了」，「忽然覺得名牌手袋不那麼重要」，「真該把易文也帶來，哈哈哈……」，「沒看到白熊」，「家居庭院後常可看到黑熊」……

說不完話題。

陳珏留在當地處理事務。

那晚易秀說：「近北極圈的夜晚越來越長。」

陳珏有心事。

易秀打趣：「你不再那麼愛我了。」

陳珏笑出聲，易秀也會扮小女人愛嬌模樣。

他十分陶醉，年輕的妻子那般討好他，他輕輕說：「真沒想到你與孩子們相處得如一家人，生命充滿驚喜，上天厚待我。」

易秀答：「我幾乎內疚，無端得到三個那樣聰明漂亮溫馴子女。」

陳珏沒有回答。

易秀說：「祝你馬到功成。」

回到家，易文看到，「嘩，損手爛腳，曬得似黑人，怎麼一回事！」

北極圈日照越來越長，忘記帶防曬膏。

「姐你看上去似土著。」

陳香拉着文姨說個不停，又把木船雕刻送給她。

「好想你呀」，「我也是」，「下次必定一起。」肉麻得不能形容，他們倆算是對上了。

曬焦皮膚似指甲般一塊塊落下，要看皮膚醫生。

朝聖之後，再回到現實，有點失措。

再說，陳珏尚未歸來，易秀心中某處少了一些知覺，精神不大集中。

拍賣行派人找她，「有一幅八大山人，你看看。」

「我不諳國畫，況且，我已決定息業。」

「你隨便說兩句。」

「怎可隨便亂評。」

拍賣行負責人已把照片呈上，易秀一看，忍不住笑，連忙轉側面孔。

負責人嘆氣，「我也這麼看，易秀，你婚後減少工作我們都明白，但也深覺可惜。」

「沒有什麼遺憾，須知世間已經億萬年，人如恆河沙數，不必老鑽牛角。」

「你入禪了。」那人駭笑。

陳珏三日後回轉。

易秀親自與司機接他，一見他神色，便知交易成功。

啊，易秀告訴自己：已學會看別人臉色做人了。

這半年來變化不可謂不大。

廠方送他一座十多呎高圖騰，外人看去，覺得猙獰，放公司的大堂，卻恰到好處。

易文連與男朋友看電影都帶着陳香，易秀問：「那些阿誰吃得消？」「吃不消可以走」，「短短時間怎麼會產生如此深厚感情？」

「短短時間，你還嫁了給陳珏呢。」

易秀返娘家探訪，才知陳家廚子每週末做了小菜裝盒子送到易家。

「真周到，舊式蘇杭甜品特別美味，你爸每週期待，他家司機看到我們老公寓有什麼要修理，立刻動手，像生力軍。」

易秀慚愧，結一次婚，什麼都賺到了，這年頭，少有女子像她般幸運，人財兩失大不乏人。

易秀高興得幾乎內疚。

況且，她真確喜愛這個男子，連替他穿衣脫衣都覺是一種享受，順手揩油，撫摸肌膚，一邊忍不住咕咕笑，陳珏也往往被她逗得開心，他沒想到文秀的她如此主動。

當然，每枝玫瑰都有荊棘，不久，高瑜女士又出現了。

易秀說什麼也做不出「現在由我當家」的款，因為，實際上她沒有當家，也不知如何當家。

這一刻他們新居已經裝飾妥當，一式乳白，簡單傢具，全無裝飾瓶罐畫作，連頂燈都只是愛迪生式大奶瓶型燈泡。

保姆勸說，「不如加一隻燈罩，免得似臥薪嘗膽。」

易秀笑得彎腰。

保姆發覺太太像陳家第四個孩子。

高瑜這次探訪，約在家中，易秀想她是要見一見孩子，但是陳靜陳思都推說有非常重要的學校講座，不去會扣分，只應允回家吃晚飯。

陳珏冷冷對殷律師說：「你問問她究竟想怎樣，三日兩頭往我家跑。」

殷律師沒好氣，「高瑜想見孩子。」

「是她扔下他們。」

「陳先生講話公道些，她從未有此意圖。」
「我不想易秀為難。」
「她懂得處理，她不是孩子。」
「你叫那女士說話小心。」
「陳珏，你也不要太不公平。」
陳珏沉默一會。
不喜歡一個人，巴不得她從此消失，不要再來找麻煩。
自從再婚，苦悶靜寂陳家忽然活潑喜悅，易秀容易說話，她本身是教師，習慣與少年相處，又添多小姨易文，她是陳香一帖藥，一鬧彆扭，大人一句「找文姨來」，他便收篷。
高瑜也聽說他們像是一家人，事無大小像開研討會式討論，小如研究青少年臉上為何長瘡疤，從皮膚結構開始講解，再推介用何種藥膏，有時連同學們也來參加聚會。

高瑜詫異，這麼會搞，她甘拜下風，也許，這才是成功育兒方法，不把他們當兒童，把他們當平輩。

高瑜探訪時，家裏只有陳香一個孩子。

她與易秀喝茶。

立刻開始疙瘩，「管家，這茶不夠熱。」

管家立刻上前換。

「這裏還有格雷子爵茶吧。」

「有，有。」

陳香低頭玩智能電話，不聲不響。

高女士問：「這電話來自何處。」

不料陳香這樣答：「你不知道？每個孩子到了七歲教育處會贈送一具。」

高女士生氣，「陳香，我多久才來一次，你把電話放下一會可好。」

陳香一溜煙走開。

高瑜問易秀：「你是怎麼與他們相處融洽？想必下足功夫。」

易秀不敢回答，替她斟茶。

話沒說完，陳靜忽然回轉，易秀立刻知道有小男友在門外等。

陳靜恭敬向母親點頭鞠躬，然後往樓上換衣服，不到一會，又蹬蹬蹬下來。

高瑜一見，惡向膽邊生，斥責：「不准穿沒肩帶裙子，易秀你也不說說她，失職。」

陳靜委屈，還想說話，被易秀拉到房間。

她拿起眉筆，在陳靜肩膊下連續畫上一條U線，近看遠看活脫一條帶子。

「回家吃晚飯。」

「盡量。」

她逃一樣出門。

高瑜苦笑，「對不起，易秀，我言重了。」

「沒問題，兩條肩帶而已。」

「你不知道這年頭的男青年有多壞。」

易秀輕聲答：「他們，從來都是外星人。」

高瑜忍不住笑，她做一個奇怪動作：忽然伸手撫摸易秀臉頰，啊，好嫩滑皮膚，接着說：「易太太給你自幼吃什麼，為什麼養得這樣聰明秀美女兒。」

易秀怔住，她隨即解圍，「舍妹易文才是你形容的那般。」

她不是應該出言刻薄她嗎，為何反而大加讚美。

「他們都聽你話。」

易秀微笑，「我極少說話。」

「也許這是我需要學習的竅巧。」

「高瑜，你在北美時裝界極負盛名——」

「不敢，Almost famous。」

易秀也笑，如此謙遜，難能可貴。

「說說新裝樣子顏色。」

高瑜叫苦：「式樣越來越怪，又流行上世紀四十年代蛹型大衣，穿上臃腫，滯銷，不知誰帶頭領先，裙子花得看不見身型，還要加珠片掛穗，高跟鞋奇形怪狀，雙雙高得摔死不償命，手袋一早已經失常……」

「真該叫易文來聽聽，她說，除出阿曼尼力抗強權，抵死不從，別家都走神經病路線。」

高瑜說：「我怎麼到今日才認識你們姐妹。」

易秀被她讚得發怔，好話誰不愛聽，幾乎信以為真。

陳思回來了。

「過來給媽媽看真你，又拔高不少，前劉海得剪一剪，別太扮天真，裙子腳該放長些……」

易秀向高瑜使一個眼色。

高瑜這才噤聲。

陳思輕輕說：「這些年來，從未聽過母親稱讚過我們一句。」

易秀連忙說：「這太武斷了。」

真怕他們母女發作。

「幾時到媽媽處小住。」

陳思索性攤開說：「母親公寓，處處陷阱，步步為營，高几上擱明朝花瓶，咖啡桌上放着西藏佛像，這不能碰，那又怕損壞，牆上懸一件清朝大龍袍，我老怕它會幻化成精走下來。」

易秀掩嘴，幾時陳思變得如此伶牙俐齒。

高瑜只得說：「好，好。」

陳思還不住嘴，「秀姨家什麼也沒有，陳香可以在客堂玩滑板，最多摔壞屁股，乾乾淨淨毫無憂慮。」

高瑜詫異，「易秀，這是真的嗎。」

易秀點頭。

「啊，真想參觀。」

易秀的警惕之心漸生。

高女士是想與她做朋友？易秀自問沒吃豹子膽。

這時廚子問：「陳先生還沒回來？今日有一條蘇眉，要他進門方可落鍋蒸。」

陳思說：「我打電話叫爸速回。」

「讓易秀找他。」

陳思隨口答：「秀姨從來不追找爸爸。」

高瑜又問：「易秀，這也是真的嗎。」

易秀只得又點頭，她實在不情願透露太多。

陳珏回來了。

看到前妻，點點頭，對易秀說：「我洗把臉，立刻下來。」

陳思提高聲音：「蒸魚！」

陳香偷偷下來坐好，鬼祟地問：「文姨今天來嗎。」

易秀答：「今天沒請文姨。」

高瑜見他們有商有量，有說有笑，不禁感慨，不知怎地，她與親生子女，偏像水混油。

易秀太有辦法，應向她五體投地朝拜。

菜式上來，易秀二話不說在陳香碗上夾蔬菜，並且瞪一下眼，表示「必須吃光」，其餘人就不管。

陳靜這時才回轉，在易秀耳邊咕噥，易秀想一想，「在廚房小桌子吃，兩人自在些。」

陳靜歡天喜地去了，不消片刻與小男生悄悄進廚房，陳珏鐵青臉想站起，被易秀按了下去。

高瑜張大嘴，果然，不用多說話，只有像她那般笨人才需逼尖聲音不時訓斥惹人憎厭，這下子高瑜感慨萬千，說不出話，沒想到自命英明神武的中年婦女要向小妹妹學習。

一頓飯忽然沒有人說話。

以前，陳珏最喜在晚飯時間問功課，答得不好摔筷子，全家胃氣痛。

高瑜心酸，他都為新妻改過來了。

她彷彿與這個家沒有緣份。

飯後陳靜拉男朋友見父母。

易秀退開。

陳香在背後用橡皮筋彈那男生，溫馨趣致，與一般家庭無異。

陳珏冷冷對待女兒男伴。

稍後向易秀說：「我不是惶恐、憤怒，也並非不接受，我只是不明白怎麼一下子居然到了要應付陳靜男友年紀。」

三個大人到書房喝咖啡。

陳珏問高瑜：「幾時回轉。」口氣像移民局。

「我打算往內地勘察市場。」

「不必費勁，內地成衣市場過剩，本地薑不知多辣。」

陳珏口臭，說話難聽。

奇怪，他並不是那樣的人，為何見前妻如仇人。

易秀站起，「我去看看陳香補習老師來了沒。」

走近小會客室，就聽見補習員教訓陳香：「這件功課明早要交，什麼叫看不懂題目？眼看來不及做，扣分，你這個懶學生！」

聽到這裏，易秀推門進去，只見陳香垂頭不語，一臉尷尬，她心疼，不由得提高聲音：「什麼事如此緊張，為何責罵學生？」

補習員還要分辯：「學生不思進取——」

易秀說：「這位小姐，你回去想想這種態度對小學生是否正確。」她喚人：「管家，把餘薪付給她，叫司機送她走。」

管家立刻進來把目瞪口呆補習員帶走。

陳香抱住易秀嗚咽。

「不要怕，媽媽在這裏，坐下，我們讀題目。」

這時陳靜與小男友走進，「什麼事。」

「沒事，A piece of cake，把易文姨請來，讓她帶各種材料，我們要做第一枚人造衛星史畢尼模型。」

這時陳珏與高瑜也在門口張望，管家把來龍去脈告訴他們，他們看着易秀發號施令。

「陳靜，你把題目向陳香解釋一下。」

全家總動員。

陳靜讀出題目：「試以圖文演繹人類宇航史，並製作其中一項模型。」

那小男友福至心靈，「我家有國家地理出版的有關書籍，我立刻回去取。」

「喂，你住何處。」

「隔一條街，來回十五分鐘。」

陳香破涕為笑。

陳珏問：「為什麼八齡童要做如此複雜題目。」

高瑜失笑，「我怎麼知道。」

易文來了，「管家，煮咖啡，我買了提神飲品紅牛，每人一瓶，孩子除外。」

高瑜駭笑，「陳珏，你真有福。」

陳珏笑：「我也這麼想。」

高瑜酸溜溜嘆氣。

易文說：「我做過這題目，當年做的也是史畢尼模型，它比國際太空站與穿梭機易做得多，陳思呢，如無更重要功課，請她也幫手，家裏可有小皮球及織針？」

大家動工，人多好做事。

小男友把那本畫冊帶到，記一功，易文與陳香津津有味開始閱讀，自登陸月球一直到最近的嫦娥與悟空宇航器，以及火星計劃……，津津有味。

時間過得飛快，大家興高采烈，人人有份參與，連管家都捐出織針做天線，易文帶來銀色指甲油，把皮球漆成金屬顏色，活脫一枚小衛星，陳香說：「咇咇咇。」

「對呀，當年，這枚衛星把美人比下去。」

陳靜與男朋友把歷史簡化，每小段配圖，由陳香親自繪畫。

高瑜：「可以由家人相幫嗎。」

「否則，誰幫他，他能自己步行上學洗衣煮飯？」

「這不是比分數嗎？」

「讀書當然是讀分數！」

這是好，陳珏思想如此明晰。

易秀這時說：「陳香，過來把文字打出。」

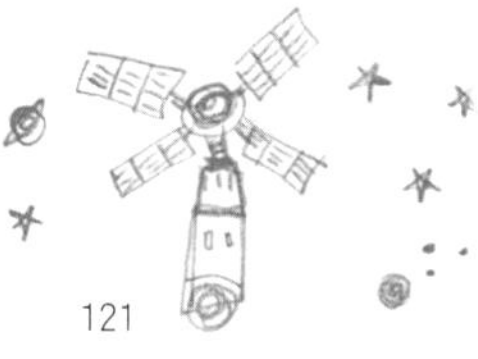

高瑜駭笑，「陳香會打字？」

「不就是打遊戲機一樣嗎，他會正式依次序打字。」

易秀拍拍手，看時間，「這麼多人合作，都要三小時，這功課做壞人。」

易秀過去抱住丈夫腰身。

高瑜由衷說：「謝謝。」

陳思神氣活現答：「兵來將擋，水來土掩。」

高瑜低聲：「我明白了。」

她明白為何子女不願與她同住，一屋古董，冰冷氣氛。

她還有話說：「明天我到你辦公室。」

「你與鈴子先測一測，我也許有會議。」

易秀說：「高瑜你不如在這裏休息，我與陳珏回新家。」

「我訂了酒店房間，別客氣！大家都累了，明天見。」

過一天，見到殷律師，高瑜說：「人見人愛的一個女人，以為她文秀，可是不知多有主意，對所有家長都怕得要死的小學功課都大而無懼，一下子做妥妥當當，唉，十八般武藝，件件皆精，還居然把陳珏馴服。」

殷律師答：「她年輕，光是鬥站已贏你我。」

「差那麼十年——」

「女士，不止十年。」

「人老珠黃不值錢，我們開口說什都惹人討厭。」

「我也有同感。」

「奇是奇在那易秀也並不是縱容他們，零用仍由管家打理，她也不奪權，像人客一樣，真奇怪，對我也不介意，客客氣氣。」

「這是自信心超標表現。」

「為什麼我們不能夠學她們？」

「不要把我拉扯在內。」

「你沒有一點義氣。」

殷律師問：「高瑜，這次你有什麼要求？」

「我想留下陪子女聯絡感情。」

「你的生意呢。」

「在本市設分行。」

「小心把老本蝕光。」

「多謝你金口。」

殷律師哼一聲。

「希望還來得及，若非陳珏在子女前說我壞話——」

「陳珏不是那樣的人。」

「你幫陳珏，你喜他英俊。」

「陳珏確是俊男，但我為人公道。」

「好，好，你有正氣。」

殷律師說：「一過四十，就覺得歲月不饒人，一日睡覺，聽到自家鼻鼾聲，你說多可怕，唉。」

「我呢，做噩夢，對鏡子，看到大腫眼袋，嚇得尖叫，驚醒，拿鏡子，仍然看到腫眼泡，再惶恐大叫。」

「到了六七十怎麼辦。」

「真正難以接受。」

易秀也做噩夢，在夢中，與孩子們一起遊戲談前途做功課，不知多興奮，忽然，他們一個個開門離去，走得精光，易秀不明所以，拉住管家，「他們何處去？」「回家呀」，「這不就是他們的家？」「不不，他們是演員，到這裏扮演你的子女，現在收工回自己的家去」，易秀驚呆，管家說：「我也收工了，我家人正等我回家做晚餐呢。」

噯？易秀嚇得一臉眼淚，陳珏呢，陳珏不是演員吧，她大叫：「陳珏，陳珏！」

忽然有人緊緊抱住，「我在這裏，你做噩夢？」

一看，果然是陳珏。

易秀放聲大哭。

在別人眼中才貌雙全的易秀，也有軟弱一面，也會顫抖。

她緊緊抱住陳珏，他嘻嘻笑，有點高興，並非幸災樂禍，被需要是一種幸福。

「孩子們呢。」

「在家休息呀。」

易秀已經一身冷汗。

因愛故生怖。

她也知道如此生活需要珍惜。

與易文說起，「真奇怪，高女士對我並不猜忌，言語平和，態度善意，似一個朋友。」

易文說：「這人比你厲害。」

「她不過想見子女。」

「為什麼從前不回轉？」

「我不知道，與我無關，也許，彼時事業重要。」

「這個女子好不奇怪，見到我，也有意無意上下打量。」

「你長得漂亮，人人注目。」

「她目光奇怪。」

「你是眾女假想敵，連我都目不轉睛。」

易文知是揶揄，悻悻然。

過一會問：「打算有孩子嗎。」

「不用擔心，本市好像有個專科醫生，專門負責做孿生男胎，你看，最近許多名門高齡產婦都懷孖胎，一對對出生，好不趣致。」

「你沒正面答覆。」

「子女教養十分複雜。」

「真確，但有回我在商場看到一個一歲左右梳兩角椰子樹小女孩吃冰淇淋，又覺得或許值得。」

「可憐寸草心，難報三春暉。」

「我不要求回報。」

「也一樣氣死父母，這是爸媽看法。」

「也許我們沒留在家裏幫忙，叫他們失望。」

「不說這個了。」

陳香電話找易文，她立刻撲去聽，一直柔聲說「好，好。」

這時，高瑜已找到辦公室，小小設計站已僱數名員工，她招呼易氏姐妹參觀。

易文忍不住讚賞：「短短一個月，有此規模，真能幹。」

「哪裏哪裏，我在加國已頗有基礎，搬過來就是。」

「準備大量生產吧。」

「以千打計，偶爾也做一兩個樣板示範，十分頭痛，品牌頗受歡迎，但個人名字做不起來，我本人又不想加入世紀名牌做某一成員。」

談起生意經。

易秀走近設計桌，看到有副七巧板，一個員工在摺紙。

她順手用七巧板拼了一件大衿衫與一條闊腳褲，十分趣致。

那洋女說：「噫，我怎麼沒想到。」

「這是七巧板最基本原理，」她再加一頂三角帽，洋女鼓掌，「我們一向不做東方調子，免嘩眾取寵，這次可能例外。」

易文坐下摺紙，對洋人設計師說：「請謹記，摺紙，由華裔傳到東洋。」

洋女笑，「我知，還有瓷器、茶葉、筷子、造紙、豆腐、甚至文字……」

「對，還有許多長了腳走往東洋的古物。」

易秀看易文一眼。

易文問：「What？」

她已順手摺成一件上衣與一條褲子。

易秀說：「我最喜燈籠，又稱蒼蠅籠。」

高瑜捧出大疊參考書。

易文說：「把孩子們叫來。」

高瑜又懊惱，「我怎麼沒想到。」

陳香當然第一個到，他樂不可支。

這時，設計師用麻布做一件上衣樣子，胸前重疊，又不嫌累贅，輕盈漂亮。

高瑜看了又看，「我怎麼沒想到。」

陳思答：「三個臭皮匠，一個諸葛亮。」

高瑜嘆口氣，「這些年來，我躲塔裏太久。」

什麼都是好節目。

「這是什麼？」

陳香答：「烏龜。」

「這許多夾層，可當背囊。」

不捨得走，叫了薄餅果腹。

這時，高瑜用雙手搭住易秀肩膀，用額角抵住她額角，說聲「謝」。

易秀躲避不及，雙手抓着食物，只得退後，她尷尬之極，雖然幼時也時與易文做類此動作，但畢竟親姐妹，高瑜是陌生人。

她為何如此熱情。

易文眼尖，連忙說：「喂，大夥，別妨礙各人做事，我們該撤退了。」

姐妹一路沉默。

過半晌易文說：「我說，是有點奇怪吧。」

「一時高興，把我當作陳靜。」

「那三個孩子有意無意還是疏遠她。」

「不知是何種歧見。」

當天晚上，陳珏叫住妻子，「我有話說。」

易秀看他臉色，有點沉重。

她看着他。

「你們到高瑜辦公室去了整個下午？」

易秀點頭。

「不要與她太接近。」

「她很客氣，無謂交惡。」

「不要與她接近。」

「孤立她，冷淡，叫她沒趣，知難而退，為何做得如此敵意。」

「你就一點也不忌諱她。」

「我會保護自己。」

「我再說一遍：離她遠遠。」

「好，好，你說什麼，我聽什麼。」

「不要嬉皮笑臉。」

「那，親愛的陳先生，你是要我流淚嗎。」

「過來！」

易秀與易文談起此事，「照說，人有兩大恨：一是奪妻/夫之恨，二是殺父之仇，他倆明明已無感情，為何彼此憎恨？」

「易秀，你讀過的情詩，推薦哪一首？」

「什麼？」

「陳思功課：推薦一首情詩，細述因由。」

「功課越發恐怖刁鑽。」

「莎士比亞有許多。」

「陳思說：『Romeo is a jerk』。」

易秀笑得流眼淚，陳思有精妙見解。

「聖經上有首『愛是恆久忍耐』……」

「拿不到分數，我保證有三十個同學用這首詩。」
「又不能太俗：『我如何愛你，讓我數一數』……」
「拜託。」
「英大憲章說什麼：眾生平等，人人有權追求快樂，暖飽——」
「那是大愛，不是情詩。」
「如何是好。」
「拜倫如何，一提到拜倫，我鼻子便酸。」
「我與陳思商量。」
她們姐妹覺得做功課是一種享受。
「你的法科功課進展如何。」
「但凡兇殺案，首先尋找動機：情殺，或涉金錢，及兇手精神有問題。」
「你說得有理。」
「情殺，通常心懷深仇，殺過頭，明明一刀已置死地，卻要多插二十次，有一宗案子，一向以為入屋劫殺，可是——」

「不要講了。」

「還有，兇器——」

「不要講了。」

「殺人，是一時意氣，令執法人員最不明白的是，兇手往往還要逃避，誓言不是他做，人心歹毒，可見一斑。」

易秀沒好氣，「還講。」

「嘿，陳香他們不知多愛聽。」

人夾人緣。

前妻與後妻難免有碰頭機會。

一日下午，高瑜帶一件外套送易秀，她倆在陳宅碰頭喝下午茶。

那外套前幅是以摺燈籠方式剪裁，易秀喜歡，因說：「易文會不依。」

「早就知道。」

高瑜笑着自袋中取出另一件知更鳥藍色同款外套，她也真周到，袋中有一本書接着落到地下。

書名叫易秀怔住——「FBI密探傳授育兒法」，什麼，易秀笑，開玩笑，聯邦密探？

高瑜尷尬，「有些道理。」

真是一片苦心，看樣子高瑜是真心想與子女改變關係。

易秀順手一翻，忠告包括：「讓子女覺得有自主幻覺」、「問問題時要婉轉間接，像『我友之子喝酒，你覺得如何』」，「纏住他，與他消磨時間越多，越有影響力」……

易秀忍不住哈哈笑。

高瑜也忍不住。

管家端茶點出來，忍不住想，真好，一屋笑聲，家和萬事興，她太喜歡新陳太太。

當下易秀同情說：「高瑜，慢慢來，毋須急。」

高瑜落淚，「他們已經長大。」

易秀拍她肩膀。

高瑜把頭靠在易秀肩膀，易秀慢慢移開，不過，仍然握着她的手。

女子不同情女子，還有誰同情女子。

「對不起，失態。」

她沒精打采告辭。

稍後易文試穿外套，「有才華即有才華，不但外觀標致，穿上也舒服。」

易秀把那本聯邦密探育兒法告訴她。

易文掩嘴，「其情可憫。」

「但是，我與她關係實屬尷尬。」

「維持目前這種聯繫就很好。」

易秀點頭。

這也不容易。

正在喝茶，易文說到「老媽現在歧視我，囑我帶男伴回家見面，『別老在外頭鬼鬼祟祟』，語氣極之難聽，我想搬出住。」

易秀還沒回答，管家走近，「太太，門外有陌生女客說找高瑜女士。」

易秀想站起，被易文阻止，她對管家說：「告訴訪客，高女士一早不住這裏，我們沒有法子聯絡高女士。」

「我去看看。」

「不關你事，勿介入其中。」

管家去了，稍後回轉，「訪客說想見現在的陳太太。」

易文代答：「她也外出，關上門，別再理睬，如果再嚕囌，報警。」

易秀問：「為何緊張。」

「我現在明白陳珏警惕原委，他不是怕前妻，而是預知前妻會帶來不三不四之人。」

「也許是親友呢。」

「很明顯高瑜沒有給她通訊地址，是她自家找上門。」

易秀查看閉路電視，只見來人是一時髦女士，衣着名貴，修飾整齊，神態焦急，確有可疑之處，這個女子，不像上門勒詐借貸的人。

易秀對管家說：「這幾天你親自往接陳香放學。」

「明白。」

「聯絡鈴子，叫她知會陳先生。」

陳珏帶着公司護衛員回轉。

他不說話，看着閉路電視上女客。

「認識否。」

「不認識。」

他叮囑護衛：「看到這名女子，請她到工廠找高女士，勿在這裏徘徊。」

「陳珏，可要告訴高瑜一聲。」

陳珏忽然暴怒，大聲喝：「不要管她的事！」

易秀從沒見過陳珏如此盛怒，她退後兩步。

三十六着走為上着。

她連忙駕駛自家小車子回新家。

陳珏電話追至，「秀，對不起——」

「明白，容後再講。」

到家，她做一杯蜜糖茶，坐着沉吟，終於，有了決定，她找到高瑜，把訪客的事告訴她，高瑜明顯受驚，說不出話。

半晌，她問，「什麼樣子？」

「華裔，十分漂亮，好不憔悴，我把照片傳你。」

看過，高瑜不出聲。

半晌，她問：「這件事，陳珏知道否。」

「已知。」

「易秀，為什麼知會我，為何關懷我。」

「你有提防，好知應對。」

高瑜嘆口氣，聲音忽然沙啞。

「高瑜，是否金錢問題，可與殷律師商量。」

「不，不，不是金錢。」

「那麼，你一定是與人家的丈夫有所轇轕。」

易秀想起易文所說的「動機」。

高瑜不響。

「對不起，我不應探測你私事，凡事小心點，我有預感，此人有求而來，一定要找到你。」

「易秀，我沒看錯你。」

「我不多講了。」

易秀掛斷線。

那天晚上，易秀沒見到陳珏。

她有點不習慣，婚後從未獨睡。

易秀吃驚，凡世物者，求時甚苦，既而得之，守護復苦，得而失去，思念更苦……她已進入思念階段，真沒想到，片刻見不到陳珏，會得輾轉反側。

總算盹着，聽見開門關門聲，真不爭氣，一定是盼望得做夢也希望丈夫回轉。

忽然有黑影出現房門，易秀聞到陳珏氣息，她叫他：「珏。」

「你醒着？」

夫妻摟抱，這時，天也亮了。

陳珏沒有再提起那件事。

稍後，管家說陳先生迅速聯絡警衛公司，加強保衛住宅，一有生人走近，立刻嘩嘩響警號，機械聲音叫那人退出黃線界限。

而那女客，又來過一次。

管家連忙把高瑜辦公地址給她，「不要再來。」

易秀反對那麼做，但，正如易文所說，這件事，完全與她無關，弄得不好，連她臉上都會捱耳光。

世間見義勇為時代早已過去，都不過是冷眼看熱鬧，誰還會為誰扛關係、說公道話。

易秀也知難而退，到此為止。

隔一日，她左眼皮咇咇跳，不能安心工作。

果然，高瑜電話找她。

「易秀，那女子在我辦公室門口——」

「我無能為力，高瑜，你找殷律師，要不，報警。」

「是，是，虧你一言提醒。」

「快。」

那一整日，易秀忐忑不安。

易文又驚又疑，「那女人到底是誰？」
「尋仇之人。」
「好好看牢陳家三個子女，還有，你出入陳宅小心。」
「關我什麼事。」
「有一個動機，叫遷怒，遭遺棄的丈夫手刃子女。」
「我不怕恐怖分子，不與之商議，也不妥協。」
「你看你。」
「所有令別人不能過正常生活的人，都屬恐怖分子。」
易文靜默。
星期天傍晚，殷律師致電陳宅。
易秀心劇跳，第一件事是數人頭，三個孩子全在家，她才聽電話。
「易秀，你走一趟，我在靈糧醫院急症室。」
「你找陳珏。」

「陳珏說，不關他事。」

大抵是高瑜吃多了幾片藥。

「易秀，你不是那樣的人，當我欠你一個人情。」

「我帶陳靜一起，總得有個相關的人。」

「趕快。」

陳靜不願去醫院。

易秀只得學殷律師，「陳靜，你不是那樣的人，當我欠你一個人情。」

她們都不是那樣的人，披上外套出門。

她倆匆匆走進急症室。

殷律師走近，「這邊。」她連手杖也忘記帶。

掀開急症間布簾，便看到高瑜靜靜坐着。

陳靜驚駭，整個人轉身，不敢直視，易秀連忙把她擁在懷中，抱着她的頭保護，陳靜渾身顫抖。

易秀看到眼前情況，也發獃動彈不得。

高瑜左頰上插着一把剪刀，突兀驚怖，不知怎地，醫生沒有替她拔下，許是怕流血過多。此刻肌膚縫子緊貼凶器，不見出血。

易秀抱緊陳靜站在角落。

這時管家趕到，易秀把陳靜交給她。

高瑜伸手招女兒，陳靜已跌撞走出急症房。

她不願與高瑜說話，她哪裏像母親，她像恐怖片主角。

這時醫生走進，「誰是家人。」

易秀只得舉手。

年輕醫生出示平板電腦，「高女士，你十分幸運，利刃深入兩吋，只插入牙床，不致傷及眼及腦，這次意外，你可當中頭獎。」

易秀不知是鬆氣還是吸氣好。

醫生說：「高女士請你躺下，我將把刀刃拔出。」

易秀不怕血，但也不敢直視。

醫生替高瑜做局部麻醉，剪刀終於離開她左頰。

她抓着易秀的手不放。

醫生按住血如泉湧傷口，易秀可見到頰上一個血洞，連牙齒都若隱若現。

易秀垂頭，一個人，怎麼會把自己弄成這樣。

醫生說：「這次意外甚為奇怪，高女士，如果需要報警，切勿遲疑。」

臉色灰白的高瑜不出聲。

殷律師輕輕說：「高瑜，此事只有你自己幫自己，可是那叫芭樂的女子？」

易秀這才知道那女子叫芭樂。

醫生縫針。

高瑜仍然一聲不響。

芭樂，是一種野生熱帶果子，有股奇異香氣，喜歡吃的人會上癮，易秀就喜歡喝芭樂汁，為着減體重，才狠心戒掉。

縫完針，似一條小拉鏈，醫生用紗布貼好。

殷律師說：「病人要辦轉院手續。」

易秀連忙說：「謝謝醫生。」

醫生拉開易秀，這樣說：「高女士報稱摔一跤，插到剪刀，你想想，可能嗎，什麼剪刀站在地上等她的臉插上？分明有人想置她於死地，她若縱容此人，此人終有一次會得成功。」

易秀點頭。

醫生走開。

殷律師對易秀說：「我欠你一個。」

「什麼話。」

她們替高瑜轉到私家醫院。

司機趨前，「陳先生讓太太回家。」

易秀答：「我稍後即返。」

帶高瑜在病房安頓妥當，看着她睡下，殷律師才與易秀議事。

這時，助手給律師送手杖來。

她兩腿有些微高低，不留意，看不出。

殷律師苦笑，「你別看這一吋不足差異，短的一邊惹得股骨奇痛。」

易秀不出聲。

她有種感覺，律師將把陳家秘密告訴他。

「沒有必要再瞞下去，陳珏說，後悔沒一開頭就告訴你，皆因他天真地以為離了婚就告一段落。」

易秀耐性聆聽。

「我一說你就明，他倆離婚的原因，是因為其中一個不再喜歡異性。」

易秀一聽，心都涼了，已經好幾個小時沒吃沒喝，疲累不堪，此刻更聽到驚人新聞，「哎呀」一聲，天旋地轉，扶着椅背。

這時有人送熱咖啡進房，殷律師取出銀扁瓶，倒出拔蘭地，和着給易秀。

易秀沒聲價叫苦，「為什麼，為什麼與女人分了手又再婚，這不是害我嗎。」

殷律師一怔，忽然笑。

易秀臉色煞白，「你笑？」

「不，不是陳珏，你好不糊塗，是高瑜！」

易秀張大嘴。

她過片刻才結結巴巴說：「是，是，高瑜。」

「你看你，嚇得魂不附體。」

易秀抹去眼淚，「情有可原，一顆心差些由口腔躍出。」

「可憐，你錯。」

「你講話含糊不清，虧你還是律師。」

把咖啡喝完。

定下神，深深悲哀，一個女子，怎麼會在生養三個孩子之後，才發覺取向。

殷律師說：「誘惑她出走的人，即是芭樂，一個模特兒。別覺得奇怪，美有體育健將，娶妻三次，幾個子女，忽然做手術轉為女性。」

「陳珏為什麼不對我坦白？」

殷律師瞪眼，「這件事很光彩嗎，他是當事人，他怎麼開口？難道說：『易秀，我前妻跟另外一個人跑掉，那個人，且是女性』，人們會怎麼想，他是有頭有臉生意人，怎樣避開奇異目光，你以為這社會真的很開放？」

「他沒有毛病，何妨直說。」

「比健康有問題更有口難言，他恨惡這個女人，還不得不一直對外說沒有第三者。」

「啊，怪不得三個孩子都不願與母親住。」

「據陳靜說，那芭樂開放到極點，在住宅，一絲不掛走來走去，讓她與陳思難堪，又喜召打扮古怪男女共同聚會，連鄰居都投訴好幾次，更愛摸女孩面孔，又扭又捏，兩人發誓不再上門，陳香說，有次半夜驚醒，醉酒芭樂在他床上小解。」

易秀聽得用手托住頭。

這時陳珏電話追至：「你再不回來，乾脆不用再回。」

易秀說：「我馬上來。」

她對殷律師說：「你照顧高瑜。」

拔腳就走。

這才發覺雙腿酸軟。

她上車命司機高速回家。

司機向陳珏報告：「太太已在車上。」

一到家，看到陳珏站門口，形容憔悴，臉色鐵青，易秀箭步上前，學古裝電影人物那樣打躬作揖，「小民惶恐，小民知罪。」

她沒有說臣妾，因為她既非臣，亦非妾。

陳珏見她低聲下氣，怒意消去一半，這易秀既願哄他歡喜，又見機行事，叫他心痛。

他輕輕說：「秀，我真倒楣，有如此不堪前妻，禍延數代。」

忽然嗚咽。

夫妻回到室內，陳珏忍不住訴苦：「我一聽到她又出現，魂不附體，怕她影響孩子們。」

易秀附和，「是，是，打老鼠忌着玉瓶兒。」

「我寧見厲鬼也不願見她。」

可憐的陳珏，每個人都有一個死穴。

這時，三個孩子聽見父親訴苦，也都悲傷跑進擁抱，哭成一堆。

易秀嘆氣，一個人，只是一個人的任性，造成那麼多至親痛苦，太不應該。

易秀見沙發上有條毯子，連忙把一家都緊緊裹一起。

明白箇中原委秘密，易秀反而放下心頭一塊大石。

她在乎這一家，她認定伊們，要共渡難關。

姐弟哭得累了，在沙發盹着。

易秀吩咐管家煮些熱粥待他們醒轉飽肚。

她同陳珏說：「為什麼不一早告訴我。」

「說不出口，你當我是老派人好了。」

易秀忽然笑，「你是怕人譏笑你老婆走路是因為你稍欠雄風。」

這下子連愁眉不展的陳珏都笑出聲，「易秀，你信不信我打你！」

「不怕，不怕，有我證明你是昂藏男子，珏，豁達一點，我知男人面子要緊，你不必動真氣，若有無聊人士硬要在你面前提起此事，你就說：『是呀，今天天氣真好』。」

「易秀，只有你是明白人。」

易秀把剛才急症室的意外說一次，「那叫芭樂的女子，十分惡毒兇狠，我猜是高瑜要與她分手。」

「易秀，我們到書房跳舞。」

背後有小小聲音，「把文姨也叫來。」是陳香，他們醒轉，抹一把臉，一起在書房播放音樂跳三四步，不到一刻，易文趕到，興致勃勃，大聲笑道：「我的舞伴何在！」三姐弟立刻湧上。

陳珏與妻子面貼面跳慢舞。

他出了一身汗，襯衫半濕，在易秀眼中，是至性感成熟男子，高瑜為何作另類選擇，真難以置信。

那一個週末，眾人都瘦了一圈。

拍賣行人員又來電，「易秀，有兩幅端納——」「全不是真的，端納短壽，哪有那許多端納無故飛出，已全掛美術館裏，你們哪裏是搞藝術，你們專門鑽錢眼，千方百計尋真品均為高價。」

對方倒是不生氣，「嘿，即便是習作，一經證明屬實，起碼一百萬英鎊。」

易秀已經掛斷電話。

殷律師接着找：「易秀，出來一次。」

「不出來了，陳珏非常不高興，我不想逆他意，你知道，一妻一夫，始終抱頭大哭大笑都只是我與他。」

殷律師嘆氣，「你如此懂事，怪不得他們都愛你。」

「就因為陳珏愛我。」

「高瑜有話説。」

「我不會再見她。」

「我勸她回加國。」

「確應如此，孩子們很好，她應該放心。」

「你親口對她説，也許她會聽。」

「我是誰？為什麼我有力？」

殷律師答：「易秀，你這人很可愛，明敏無比，善解人意，但一時卻愚蠢遲鈍如牛。」

那邊陳香嘩一聲，易秀說：「一定給他父親發現他收藏艷女雜誌，我得上前調解，不說了。」

「你不阻止？」

「雜誌，有什麼不妥？」

大抵是因事不關己，己不勞心的緣故，所以有易子而教的建議。

陳珏要出差，對於家居安全，再三叮囑，說了又說，接着再說。

易秀看着丈夫，沒有這麼快就更年期吧，那段時期，他們體內男性荷爾蒙逐漸減退，行為言語會漸漸像老太太。

為安全起見，陳珏讓易秀搬到陳宅住。

牧羊人才走，狼已嗅到氣息。

自大學出來，易秀看到那個叫芭樂的女子，在停車場等她。

司機已經警惕，落車站太太身邊。

芭樂提高聲音：「陳太太止步，說幾句話。」

易秀忍不住回應：「不要一錯再錯，你是警方欲會晤人物。」

「讓我說三句話，一分鐘。」

「這位女士，你回家吧。」

誰知芭樂大聲喊出：「陳太太，高瑜為着你的緣故，棄我而去，你需給我一個說法，不然我不會離開本市。」

易秀一聽，目瞪口呆，什麼？

她的表情凝固，揚起的手揮到半路動彈不得，頭皮發麻。

連芭樂都看真她並非偽裝。

「你——不知道你是高瑜新歡？」

易秀聽見自己輕輕說：「這停車場風勁，司機，我們回家。」

她轉身上車。

芭樂大叫：「喂，你別走。」

司機吆喝，擋住她。

易秀自己把車駛回家。

管家收到風，在門口等她。

有這種事，編都編不出來。

易秀覺得她不得不見高瑜，否則真會夾纏到一百年後。

她找殷律師。

「你終於明白了。」

「荒謬。」

「你自己同她說個一清二楚。」

「初中時也曾對一個臉上長疱，比我矮三吋的小男生說：『不用在門口等我，我永遠不會做你女朋友。』」

殷律師苦笑。

她們約在律師事務所。

三個女子，如開婦女大會。

高瑜傷癒已可說話，但縫針做得不太好，嘴與臉歪到一邊，看上去怪異，不過不怕，日後再找專家加以美容，可保不失。

高瑜開口便說：「對不起叫你受驚。」

易秀答：「陳靜比我更為驚駭。」

高瑜不出聲。

殷律師調解：「這也不是高瑜想看到的事。」

易秀攤開雙手，「已造成巨大創傷。」

高瑜噤聲。

辦公室空氣結冰。

終於，易秀開口，緩緩說下去：「我自幼便知道自己喜歡男性，確認他們體力方面是美麗強者，學校運動會，我必擠着觀看冠軍英姿，又喜籃球，最愛球員伸高手臂露出腋窩投籃那一刻，迄今，路上看到漂亮男生，情不自禁轉頭注視，好幾次，陳珏氣得要把我頭擰轉，我嫁陳珏，因為愛慕他男子氣概，在外照顧員工，在家呵護妻兒，為人大方，博學智慧，我是有夫之婦，婚姻生活愉快，我不作別想。」

高瑜呆半晌，苦澀地說：「在你眼中，陳珏有那麼好。」

「正確。」

「那是因為你年輕。」

「也許是，但此刻在我眼中，陳珏十全十美，我愛他，願意為他擋槍彈。」

「他配不上你。」

「你有偏見。」

「能遇見你這樣年輕女子，是他一生的榮寵。」

「高瑜你把我說得太好。」

她想握易秀的手，易秀連忙保持距離。

「高瑜，可是我行為有失當之處，引起你誤會。」

高瑜黯然。

這時，氣氛幾乎蕩氣迴腸。

易秀把話說清楚，「我對你並無偏見，亦無正見，我不能批評我不懂的事，我只知道，你有權追求你的選擇，但像芭樂作出惡意傷人行為，不管男女，都是說不過去的事。」

高瑜落淚。

「而你，高瑜，不論男女，必有分手這件事，你大可做得漂亮些，怎可一而再，再而三，一去無蹤，叫對方難堪而生怨念。」

高瑜無言。

「當初你丟下陳珏一家四口，也沒作出交代，結果勞駕殷律師轉告。」

這時辦公室門忽然推開，陳珏走進，易秀面孔即時亮起，情不自禁，走近陳珏抱住。

他吻易秀額角，「我就在外邊，你們慢慢談。」

他又退出，易秀語氣不一樣，他來撐她，縱使不願再見前妻，他也鼓起勇氣。

易秀一臉幸福笑容。

「高瑜，是我過份友善，造成誤會。」

「是我自作多情，怪不得別人。」

殷律師問：「你打算回加國？」

高瑜答：「我本為着子女而來，我仍願繼續努力。」

易秀與殷律師面面相覷，恐怕不容易，但，有云只要有心人，鐵杵磨成針。

「陳珏希望——」

高瑜打斷易秀，「這世界，不止屬於陳珏一人。」

易秀噤聲。

「我決定留下北上發展，他若不滿，可向移民局反映，但我不會騷擾你們，正如易秀所說，我處理感情問題，實在有欠周到。」

易秀吁出一口氣，她終於承認過失。

「騷擾你們，對不起。」

又有人推開門，「那我呢。」

辦公室變成舞台，一個個角色輪流登場。

這是芭樂。

說不怕這個人是假的。

她怎麼來了。

殷律師說：「我請她出席。」

這麼大膽！

殷律師苦笑：「誰叫我是律師，受人錢財，替人消災。」

芭樂向高瑜鞠躬，「請原諒我不明白好來好去之道。」

高瑜不出聲。

「你再三驅逐我，我惡氣難忍——」

「別再解釋，你有何要求。」

芭樂一怔，不出聲。

易秀看仔細她，這女子不愧曾是當紅平面模特兒，她不是媚美，但一張臉五官叫人一見難忘：丹鳳眼、豐唇、蜜色皮膚襯濃眉，若戴上銀冠，就是苗族姑娘，非常別致。

芭樂與高瑜，都是別有一格的特殊女子。

芭樂很直接，「我最好的五年時光，與你在一起，一個模特兒能有幾許五年，就是那段光陰，一走紅就放棄工作，專門替你賣力，總有功勞吧。」

殷律師問：「多少。」

她一早準備，取出字條，送上去。

殷律師知道有數目就好辦事，看了一下，微笑，「不就是為着幾個錢嗎，為什麼又威脅又勒索又動刀動槍犯刑事。」

芭樂不出聲。

「我代高瑜應允，我們不會還價。」

芭樂猶疑。

「還有什麼？」

「陳太太既然對高瑜沒有意思，高瑜，你可會回心轉意。」

殷律師答：「天涯何處無芳草，你現在如此富有，還愁找不到親戚。」

芭樂黯然，「不論男女，真心難覓。」

她再站起向高瑜及易秀鞠躬，「我這就往巴黎定居，再不騷擾你們。」

各人都鬆一口氣，全身細胞活轉。

芭樂知道眾人視她若蛇蝎，她也不介意，苦笑，退出會議室。

高瑜垂頭，「我想與陳珏單獨說話。」

易秀立刻答：「我去請他。」

把陳珏推進室內。

殷律師說：「我必須在場見證。」

陳珏坐下，「說。」

殷律師揶揄，「總算輪到一男一女談判。」

高瑜開口：「陳珏，我知道你恨我。」

陳珏答：「不，我不恨惡，也不憎厭，你有你的自主選擇，我只是希望你別來唬嚇子女。」

「我確是他們生母。」

「當年你也應當想到這一點。」

「我有我的苦衷。」

「那是必定的事，還有什麼話說。」

殷律師忍不住，「兩位，現在不是華山論劍的時候。」

陳珏說：「什麼條件，講。」

「你對易秀，極其溫存。」

「你稀罕男性的溫情嗎。」

「我知我不是可愛的易秀。」

陳珏不出聲。

高瑜說下去：「第一次見易秀，就被吸引，胖嘟嘟臉蛋嬰兒肥未去，雙眼明亮聰敏，她毫無機心，善良大方。」

陳珏訝異，高瑜與他看法竟完全相同。

「我一見傾心，你不應怪我。」

陳珏說：「但，她是我妻子。」

「我希望她與你結婚是因為你富有。」

「她會是那樣的人？」

「那麼，她是受你甜言蜜語誘人追求手段迷惑。」

「我有什麼法術！」

「嘿，別謙虛了，矇她那樣無知少女，還不容易。」

「這麼說來，你要救她出火坑？」

殷律師站起，「好了好了，兩位，我聽了都覺不妥，住口吧。」

陳珏懊惱，「是我失態，殷，由你處理。」

他站起離開辦公室。

看到易秀，臉色緩和，「沒事了，我們回家。」

易秀握着他的手貼到臉旁。

「把孩子們接出坐船游泳。」

那邊辦公室，高瑜還沒有走。

殷律師說：「你看你。」

「一個人總有夢想。」

「前妻想追求後妻——世上有這種妄想。」
「易秀是沒有缺點的女子。」
殷律師笑，「也許你說得對，也許她只是年輕，歲數一大，人格的紕漏，逐一顯露。」
「殷，我到六十歲會如何。」
「假使還活着的話，惡名四播，可是名利雙收。」
「謝謝你。」
「你還有什麼要講。」
「想見子女。」
「假使他們要見你，你一定見得到。」
「是什麼令至親生分？」
「冰凍三尺，非一日之寒。」
陳家還是坐船出海去了。

陳香一定要叫文姨，文姨又帶男友，船也坐滿滿，笑聲盈耳。

換上泳衣的男友略嫌瘦削，易秀因為舊日胖的感覺滯留腦海，從不泳衣亮相，最叫陳珏訝異的是，陳靜不去說她，連陳思都已亭亭玉立。

陳珏感嘆，埋頭工作，再抬頭已是百年身，一身肌肉，此刻已成半身脂肪。

他抱怨：「易秀，你看我，胸圍大得快要戴胸罩。」

易秀就是喜歡男子身上有點肉，不由自主哈哈笑，伸手撫他胸脯。

陳珏又不捨得擱開，只得拉起妻子躍入海裏，誰知整家追蹤，一起暢泳。

這樣消磨整天。

陳家各人自小圈子走出到較大範圍，仍然小，比從前進步。

吃飯的時候，易秀已有固定座位，與一雙易文送的精巧銀筷子。

這個座位，也要坐得穩才好。

兩隻銀筷子有一條細鏈子聯繫，易秀嫌束縛，要拆開，被管家阻止：「一對對一雙雙，不可分開。」

易秀平日工作忙，個個學生似孩子，陳靜畢業，沒拿到榮譽，家裏一樣滿意。

陳家會得風平浪靜？當然不。

高瑜女士還在本市，不算低調，她的生意需要宣傳，人手不夠，會借金鈴子一用，「一人抵十人」，高瑜嘆息，大力挖角，鈴子不為所動，週末則不介意加班賺外快。

高瑜又邀請陳靜時裝示範，陳靜人如其名，不感興趣，陳思倒有意思。

陳思給專人化起濃粧，令她們驚艷。

是她叫觀眾問：「這少女是誰」，帶起時裝名堂，是陳珏意外之喜。

最意外是另外一樁事。

陳靜進進出出幾次見到繼母都像有話要說，但又遲疑着不說。

老實說，易秀已有主意，女孩不開口，她決不追問，一定有疑難雜症，要她協助解答，她說好，不對，說不好，也不對，左右為難。

陳靜並非她親生，做到目前地步，已經不易。

易秀回娘家。

才喝過茶，易媽便上下打量，「你有話說？吞吞吐吐幹什麼，不如坦坦白白，看我幫得了什麼。」

易秀笑出聲，看來天下母親都有共同難題。

「沒什麼，我很好。」

「易文要搬出住，你知道否。」

「聽她說起。」

「搬出有什麼好，為何都嫌棄父母，我們做錯何事。」

「子女總會獨立生活，老媽，想必你當年也想離開嚕囌父母。」

「我結婚才搬出。」

易秀欷歔，「時勢不一樣了，你隨她去吧。」

「我只得說好好好。」

易秀說：「男朋友會看着她。」

「男朋友多有什麼用，一不能結婚，二不能贍養。」

「她自己有能力。」

「男女辦事能力不一樣，你看陳珏，事事妥帖，還未過年，禮品食物已送過來，一件呢大衣，經濟實惠，你父不知多喜歡。」

取過一看，經濟實惠的大衣原來是維孔那駝羊毛所製，易秀微笑。

易媽說：「陳珏知我關心宣明會，以我名義捐出一筆款子。」

「好好好。」

「易秀，奇是奇在你卻依然故我，穿戴全無分別。」

「我不需要。」

「侈奢品就是全無需要之物呀。」

易秀告辭。

「你不是有話要說嗎。」

「啊是，陳珏的子女，有事問我要意見，我該怎麼應付。」

易母點頭，「果然，難題來了，同你說過，後媽不好做。」

「我明白，我告辭。」

「我是你親娘不得不忠告你：一問搖頭三不知，事不關己不勞心。」

「謝謝媽媽。」

行嗎，這樣做好嗎。

陳靜在飯後把易秀拉一邊，鼓起勇氣輕輕說：「秀姨，我想搬出住，你替我問准父親。」

易秀僵住，這是大事。

她深深吸口氣。

「我與他正找工作，頗有頭緒，一旦有正規收入，便一起租公寓搬出，經濟不靠家裏。」

易秀用手托腮，小青年把事情實在看得太簡單，男歡女愛已經足夠，飯鍋不知在何處，有了鍋，也無米下鍋。

「秀姨，你怎麼說。」

易秀緩緩答：「你爸是不會應允的。」忽然覺得自己口氣似晚娘。

「那，就當知會他一聲，我已過廿一歲，他報警，警方也不會受理。」

「你要出去與人同居。」

「我們相愛。」

這陣靜，人給一根針就當棒鎚。

易秀不由得問：「為什麼要離家？你像公主一般，茶來伸手，飯來開口，平治進，平治出，什麼都是最好的，為什麼出走？」

「秀姨，我以為你會明白。」

「時機尚未成熟，你若決意孤行，一定吃虧。」

「秀姨，你口氣像我父。」

「但凡愛你的人，都會作此建議。」

「在這個家，我覺窒息，我已是成年人，卻被你們當幼兒，吃什麼穿什麼都沒有自主，晚上一過十二時，管家敲門，『大妹你還不睡』，我知道，一天不走，一天做嬰兒。」

易秀作不得聲。

「我父愛我否？我最清楚，像他那樣的人，早已失卻愛人能力，天下他獨大，他說了算，從不為人着想。」

「靜，他不是那樣的人。」

「秀姨，他寵愛你，因為你叫他快活，你試試忤逆他，得到的，也是同樣結局。」

易秀大吃一驚，這是何等惡毒詛咒，怎會出自天真爾雅的陳靜之口，一定背後有人慫恿教唆。

「好了好了，你不必替我算命，我會替你轉告你的意願。」

陳靜語氣轉為悲哀，「至於家母，更不是一個可以商量的人，現在連你都對我不耐煩。」

易秀忘卻老媽忠告，「遲一些，待找到工作才走，不行嗎。」

「一定要速戰速決。」

「好，好，我向你爸說。」

那天晚上，陳珏聽到消息，忽然變臉，五官扭曲，盛怒猙獰，把筷子摔到牆角，恨恨地說：「我現在明白為何有些族裔會得為榮譽殺女……」

易秀覺得無辜受氣真不值得。

誰知陳珏刀鋒轉向她：「你管的是哪一門？」

易秀一聲不響站起，取過外衣，索性回新家避難也罷。

這叫遷怒，陳家有三個孩子，以後有芝麻綠豆，不受控制，大概都得怪後母沒做好親母。

豈有此理。

走到外頭，冷風一吹，醒了一半，結婚迄今，不到兩年，她易秀已看到晚娘臉，蜜月期早過。

管家追出，「太太，請你回轉。」

易秀反而要安慰她，「我一下沒事，你別難過。」

管家上前懇求，「太太，你一定要進去，陳先生把大妹叫出，大力掌摑。」

易秀吃驚，身不由主，義憤填膺，重返室內。

只聽得陳珏斥責：「你就是像你母親。」

易秀上前，摟着陳靜。

陳珏氣得渾身發抖，「走，立刻走，別再回頭，不要想向家拿一隻角子。」

陳思與陳香站一角驚呆。

陳靜十分倔強，「管家，替我收拾衣服，我馬上走。」

陳珏牛脾氣上來，大聲斥責：「那麼有本事，光着身子走，別要家裏一針一線，管家，不准動，陳靜，你爭氣爭到底，從山上走往山下，走！」

陳靜震呆，手足無措，她以為還可討價還價，商議一個兩全其美方法，誰知一開口就捱巴掌，清晰五指印，打得頭暈眼花。

易秀推陳靜回房，陳靜卻掙脱開門出走。

管家又追上。

易秀坐下，喝一杯拔蘭地。

她用眼色示意陳思與陳香別多管閒事。

易秀坐小會客室發獃，這陳家的事，全變成她的事。

一個女友比她更吃苦，前夫兒子犯事進牢，她還得探監，苦不堪言。

她吁出一口氣，都是易秀她自己找的，與人無尤。

陳珏緊緊鎖在書房。

管家回來，「太太，太太。」

「去了何處。」

「我把金鈴子叫出陪大小姐，她去了她處。」

易秀點點頭。

「難為你了太太。」

「你叫得我太太，我得擔起關係，我去洗一個熱水浴，又是一條好漢。」

浸在熱水香氛中，有人推開浴室門。

「珏？」易秀探頭。

「沒那麼香艷。」是易文。

她坐在浴缸邊緣張望，「身段那麼好，肉孜孜，應當留得住陳珏，犯不着為陳靜得失他。」

「我什麼都沒做，什麼話也沒說，就做了池魚。」

「這陳靜，發啥花癡。」

「喂，總算是我的繼女，別亂作批評。」

「鈴子知會我，待你氣下一些，更衣到她處開會，別小覷鈴子，這些年她在華昌站得住腳，有她一套。」

「幸虧她這樣助手。」

陳珏仍在書房閉關。

陳思在臥室內嗚嗚地哭。

易文蹲下問：「你怎麼了。」

「我擔心如果我也像母親那樣喜歡女性，爸會把我像阿靜那般趕走。」

易文摟住她，「不怕，陳思，你可以搬來與我住。」

又哄慰她半晌，才靜下來。

易秀頭痛欲裂。

兩姐妹上車往鈴子家。

路上易文說：「你若留在陳家，非主力做家庭輔導員不可。」

易秀明白。

「明明是嬌妻，身份突變，日久生怨，現在走還可保全身而退。」

「你講些什麼？」

「我不過是說出你心中疑團。」

對親生妹子，不必忌諱，「我也知前路艱難。」

「雞公仔，尾彎彎，做人新婦甚艱難，那就得看你愛他有多少了。」

「我不會離開他。」

「陳珏年紀已不小，不過剩這三五年瀟灑，往後，就是個老男人。我有女友，丈夫年屆花甲，又不願服藥怕影響心臟，她一碰他，他便皺眉撥開她手，試想想，這世界是否反了，多難堪。」

「她可有留下。」

「就這是華婦值得尊重之處，四十歲出頭的她啞忍。」

「才四十歲。」

「另一女友也四十左右，丈夫在外邊有冶艷情人，學得特殊招數，回家要求模仿。」

「走了沒有。」

「走了。」

「聽你口氣，易文，彷彿對婚姻躊躇。」

易文回答：「本來老媽擔心你學藝術吊兒郎當嫁不出：誰要娶一個虛無縹緲盡會傷春悲秋的女子，現在，他們滿意陳珏，反過來催逼我。」

鈴子住屏風樓其中一間單位，一整排密密麻麻數千個窗口，她必定花盡半生積蓄才能擁有這間蚊型公寓。

升降機登上二十七層，在長走廊找到門牌，易文問：「全不會迷路？」

「噓。」

在夢中肯定找不到，整個都會都是這種住宅房子，每一邨都與另一邨差不多，每個車站與下一個同樣擠逼，回魂的亡靈必然迷惘。

姊妹按鈴，鈴子開門。

她們看到那小青年與陳靜坐在一張小桌子前，桌面放電腦及本子，像做功課。

屋內佈置清爽，經濟實惠，利用每一吋空間。

「請坐。」沙發拉出亦即是小床。

陳靜垂頭，雙眼紅紅，臉上吃耳光部位巨掌五指印還未褪，那腼腆少年正是上次見過那位，看樣子在一起有一段日子。

鈴子斟上甘草茶。

「在幹什麼？」

鈴子回答：「幫他們補習，看組織一小家庭每月需要多少銀両。」

「三萬？」

「正在逐一算給他們知道，衣食住行零花，最節省費用是多少，須知飯盒子也得五六十元一隻。」

「請繼續教育。」

看樣子少年略知首尾，臉都黑了，側着頭，再也不復當日英勇。

易文走到窗前，意外看到遠處萬家燈光，她輕輕說：「本來想搬出住，見鈴子教孩子們打算盤，驚醒我這個夢中人。」

「鈴子真智慧。」

只聽得她說：「這是你倆起薪點，即使立刻找到工作，十一年不吃不穿，才能置到一百八十平方呎小單位，即比我這裏還要小一半……」

不要說是少年，連易秀易文都發獃。

鈴子說：「全球年輕人都齊齊慨嘆置不到業，所有可以落腳的城市如倫敦紐約巴黎溫哥華新加坡悉尼……房屋均貴不可言。」

這是社會學。

鈴子說：「你們不妨多等幾年，且先快活自在戀愛，待時機成熟，陳先生自然會安排婚禮嫁妝。」

陳靜說：「我們想靠自己——」聲線漸弱。

小青年訕訕說：「可否先租房子。」

「好，再替你看另一個預算。」

易秀問易文：「陳珏可有贈你新年禮物。」

「這人真正神通廣大。」

「他不會送你金銀珠寶。」

「當然不，他替我找到一份十六世紀蘇格蘭女子首次提出離婚訟案記錄摹本，全部手寫，女方要求妙趣橫生，男方辯詞據理力爭，奇文共賞，教授與同事爭相閱讀。」

陳珏就是肯花這種心思。

「秀，他送你什麼。」

「一頓臭罵。」

「不會的，他富有，但他更擁有情趣。」

殷律師的電話追至，「易秀，有時間到我這裏簽名收禮。」

「什麼禮。」

「陳珏先生贈你秀麗山莊獨立洋房一幢。」

「我不需要。」

「易秀，他預料你會那樣講，他還說，女人手上總得有貴重物業，否則會叫人看不起。」

易文在旁聽見，嘆氣說：「姐夫洞悉世情，通情達理，易秀快收下，將來我也可以借蔭。」

「這房子現在由法國大使租住，這收入屬於你，陳珏說，他不敢叫你辭工——」

「我決不會辭工。」

「——你考慮一下吧。」

易文笑，「這是阿秀你做後媽的苦難補償金。」

殷律師說：「我不過聽差辦事。」掛線。

陳靜呢，他女兒可有適當禮物。

三人會議可有結果？

只見陳靜與男友垂頭不語。

易秀伸手招小青年，「你，趁父母尚未發覺，回家去吧，魯莽行為之前，要想想父母撫養之情，千萬別一句『我從未要求出生』抹煞養育恩情。」

小青年如獲大赦，說聲「我先回家」便開門嗖一聲離去。

易秀問：「朱麗葉，你呢。」

陳靜痛哭。

易秀說：「一起回家吧，你我均是同路人，再也沒有別處可去。」

陳靜坐着不動。

「不要倔強，你羽翼未豐，先努力找工作。」

金鈴子加一句，「這麼多人愛你，陳靜，我當年曾離家出走，離去三日，也無人報警，再回家，也沒人說什麼，床位已被妹妹佔去。」

陳靜驚駭掩嘴。

易文說：「你要自由，大家都明白，游說你父讓你留學，一舉兩得。」

鈴子說：「好計劃，麻煩陳太太幫忙說一說。」

「男朋友呢。」

「這種小青年，等他汗毛變鬍髭，還要十多年。」

陳靜伏在桌上。

易秀輕輕在她耳邊說：「他的眼睛真的那麼明亮，笑容像一道金光，身段英軒叫你留戀？也許並沒有那樣好，但因為你年輕，看出去天空常有虹彩，少女腦袋往往把事情想得太美。」

陳靜嗚咽不已。

「別失望，他不是壞人，他懂得量力而為，臨陣退縮，請記住，最壞的男人不是放下你那個，最壞的男人會纏住你不放手當你生力軍。」

鈴子蒼涼加一句，「陳靜，你到了我們這年齡會明白。」

易文百忙不忘瞪眼，「金鈴子，我不與你同輩。」還在計較這些。

易秀說：「已經打擾鈴子，我們母女回家去吧。」

「不，不——」

易秀苦笑，「陳靜，第二節功課：在人簷下過，焉得不低頭，面皮老老，肚皮飽飽，來，回家吃消夜。」

易文說：「你別這樣說，太傷心了。」

「咄，你以為闊太太們不必練這門功夫？她們功力出神入化。」

「易秀，你也是闊太。」

易秀怔住，說得對，她也不正在學習委曲求全。

隨即垂頭，噤聲。

易文說：「回到家，一聲不響，若無其事，該睡覺該吃飯，都照做，不想見人，躲房裏玩電腦。」

易秀陪陳靜溜回家中。

管家不勝寬慰。

易秀說管家幾句，像「別再理她幾時睡覺」之類。

她筋疲力盡，像被三個大漢打一頓，腰瘦臂痛，發覺陳珏還躲在書房，不知好氣還是好笑。

她從一隻花瓶取出書房鎖匙，打開書房門，揚聲：「我進來了。」

陳珏伏在書桌上打盹，佯裝聽不到嬌妻聲音。

她走近，抱住他，把他拖到沙發，生了這大半日氣，不吃，也不梳洗，丈夫身上有味道。

傭人斟茶，易秀遞上杯子。他喝兩口。

易秀說：「生氣老得快，大小姐已經回轉，此事不要再提，替她辦留學手續，接着讀書。」

陳珏累到極點，「是誰的錯？」

「當然是父母的錯，把他們生下，帶到邪惡世界，叫他們進退兩難。」

陳珏問：「我們也可以怪父母？」

「我們那一代子女不行，我們需要生養死葬，萬分敬畏老人。」

「時勢為何轉得那麼快？我輩真正倒楣。」

「我不怪陳靜這班新一代，最討厭是五十歲阿伯還要扮後生，怪責父母沒盡力。」

易秀輕輕撫摸陳珏面孔。

「秀，只有你把我當一個人。」

「說得如此可憐，我都快哭了。」

「只有你愛惜我。」

「可是，我卻覺得你越來越可惡。」

「你總逗得我歡喜。」

傭人把白粥端進。

他一看，「切些火腿片，外加紅腐乳。」胃口開了。

這叫大事化小，小事化無。

那小青年又來過幾次，是陳靜不願再見他。

陳珏說：「他前腳走進我打前腳，後腳走進我打後腳。」

易秀淡淡接上：「我負責把他雙耳與鼻子切下。」

陳珏訕訕，不好出聲。

易秀在陳家漸有地位。

送外國留學，眼不見為淨，光是負責費用，倒也省事。

「可要管家跟着」，「不用，讓她去」，「怎麼放心」，「沒法度」，「秀，你說得算對，難道到三十歲還當孩子看待」，「有人一輩子與父母住待他們過世承繼房產，你不是想那樣吧，先訓培陳靜身心獨立，繼而經濟自處」，「但，家裏不需要她賺錢」，「那是另外一件事，她最終需有工作寄託精神」，「好，好」。

易秀與大女在網上找學校。

高瑜得悉，也想參與意見。

殷律師忠告，「你就別管那麼多了。」

「首選仍是倫敦吧，易秀認識拍賣行，可讓陳靜去實習。」

陳靜最終選擇波士頓。

失戀的落魄被離家獨立的刺激沖淡。

金鈴子繼續替她補習經濟學，把陳思與陳香也叫來聽課。

「每個月給你匯開銷，租金食用全在這裏，記住，你若三日內花光光，那是你的事，別叫救命。」

吃過耳光的陳靜知道這是事實，不是恐嚇。

陳思問：「若果看到漂亮裙子怎樣？」

「當然最好量入為出。」

陳思掩住嘴：「啊。」

陳靜答：「我明白。」

「不要搭順風車，入夜請勿單獨出門，許多少女失蹤屍體被人扔到垃圾箱，並非嚇你，新聞日日有。」

「大姐，別去了，太危險。」

「以後，從牙膏到衛生紙，約會溫習、洗衣抹塵，都屬於你自己安排，恭喜你，陳靜，你自由了，記住小心保管護照與鈔票。」

陳靜勇敢點頭。

晚上，易秀看教育台動物紀錄片，只見老鷹媽媽把羽翼已成的小鷹一隻隻推出鳥巢，能飛的搖搖晃晃飛出，不能飛的仆一聲跌落地下打滾，飼養期已屆，非獨立不可。

易秀長長吁出一口氣，眾生皆苦。

高瑜問她：「陳靜幾時動身？」

「不必擔心，學校附近公寓與學費均已辦妥。」

「一定住得似狗窩。」

「那是必然過程。」

「易秀，這次又多虧你。」

「哪裏哪裏。」

「在你的機靈與包涵。」

「哪有你說得那麼好。」

「容我送女兒行。」

「好呀。」

「不必問准陳珏？」

「我已老資格，不必理他。」

高瑜哈哈大笑。

兩個母親送陳靜。

她怯怯問：「那邊可有人接？」

易秀忍不住答：「還有人接？那多不自由，你自己叫車到寓所，那裏式式俱備，你好自為之。」

高瑜垂頭，晚娘，到底是晚娘。

易秀接着說：「這是緊急求救號碼，如有不妥，還是有天兵天將。」

陳靜擁抱易秀。

但是只向高瑜點頭，別轉身離去。

陳思在一旁說：「我可以搬到大姐房間了。」

高瑜與易秀吃茶。

她說：「你知道，我仍然無伴。」

易秀微笑不答。

「你是一個有良知的後媽。」

「還不是把繼女攆出去了。」

「陳靜也已長大。」

易秀說：「唉，我少年時也喜自作主張，忤逆母意，死不願讀法律或商管，其實不過三四年工夫，鬧得不歡而散，從此母女心中有個疙瘩。」

「是因為一個小男生吧。」

給高瑜說中，易秀嘆口氣，「是，我陪他讀美術。」

「他人呢。」

「到美國留學，從此不見人影。」

「哪一個州哪一個省。」

「不知道。」

「可在臉書上找他。」

「人家不要我，找着何用，前塵往事，速速忘卻。」

高瑜揶揄，「料他也不及陳珏。」

易秀笑，「可不是。」

「易秀你真可愛。」

一代與一代不同想法，外婆遇着委屈，只懂口出怨言，老媽則拍案而起，力陳是非，到易秀這一代，自身化解，至於更年輕的陳靜，自主，是她們的，萬一要看醫生，還是回到家長處，確實聰明。

送別時，易秀握着高瑜雙手一會。

高瑜說：「陳珏說得對，不要對我太友善。」

她帶着陳思到東南亞推銷品牌。

陳珏並不反對。

殷律師說：「易秀是陳家和睦催化劑。」

「我情願是中子。」

系主任找易秀。

「是否新婚燕爾不願遠行，今年帶學生到哪一國實習，他們表示想往翡冷翠看麥迪西家族專用高空迴廊。」

「那似是建築系的課程。」

「我循那迴廊天橋走過一次，真奇妙不過，貴族可不經街道走遍全城，終站是烏菲茲美術館，該處原本是羅蘭索麥迪西的辦公室。」

易秀答：「確是好主意。」

「那你籌備一下吧。」

易秀嘀咕。

陳珏說：「我打算到巴黎旁聽諸國元首談論環保條約，你也一起吧。」

嗄，分身乏術。

提出條件：「假使我與你到巴黎，你可會陪我往翡冷翠與學生見習。」

「易秀，你辭職吧。」

陳珏是死硬男尊女卑一派，他甫出生腦袋線路已經安裝妥當，再不能更改。

萬萬不能辭工，否則一個人沒有身份，再闊綽的太太也不過是個吃閒飯的人。

易秀掙扎。

高瑜微笑，她是過來人。

易秀與金鈴子一起安排時間拼軋。

「為什麼去環保峰會？」

「各國能源部長決定石油及林木投資前途。」

「原來如此。」

「最奇怪是加國的排碳量只佔全球3%，即是假使全不運作，也不過是3%，但她不知多努力減碳。」

「出一分力嘛。」

鈴子說：「這是時間表，其中你留翡冷翠兩天，星期一與三陪學生，星期二飛往巴黎與陳先生一起，慰他寂寥，星期四再回他處直至回家。」

「你說這不是擺弄我嗎。」

「陳先生只是想見你。」

「他答允沒有。」

「勉強，嘆氣，皺眉。」

「是否我寵壞他。」

未婚時，他出錢出力出私人飛機。

鈴子答：「他也問：『是否我縱壞易秀。』」

「我真不習慣像一枚手挽糖果般跟着男人。」

那個星期，易秀在歐陸奔波，她還不捨得陳香，把他帶身邊，這是一個極大責任，有何損傷，她要負全責。

只有回程，才與陳珏一起。

陳珏問兒子：「好玩否。」

陳香不負易秀苦心，這樣回答：「好得不得了，媽媽帶我看名畫維納斯出世，媽媽說，那其實是畫家替貴族女兒所繪嫁妝，掛在臥室，私人欣賞，屬冷艷照。」

陳珏哈哈大笑。

易秀在巴黎與拍賣行中介碰頭，說到東方書畫如何每年以十倍價格上升。

她問易文可要帶回什麼，意外，易文答：「不要，全世界都買得到。」

「我看看有無金髮金眉金色汗毛的俊男。」

「本市也不欠貨。」

以前，心想，不敢說，現在，不妨直言。

回程私人飛機師正是那般金髮兒，易秀不禁笑，陳珏把她的臉扭轉。

陳珏也算得大方。

家裏只剩陳香一個孩子，母子越發親切。

把他帶回娘家，易媽說：「若是你親生多好。」

「媽，幼吾幼以及人之幼。」

「對，我忘記，你們這一代講大愛。」

這次奔波叫易秀瘦一圈，她不復年前肉嘟嘟模樣。

一日，金鈴子告知：「陳太太，大事，速到華昌。」

易秀沒好氣，她也正開會。

「我未能即傳即到。」

「太太，這不是講原則時刻，你來到自然明白。」

易秀想一想，終於還是走出會議室。

到達華昌陳氏辦公室門口，只見數名經理副理，灰頭灰腦站門口，屋裏陳珏不知抓住哪一個部門主管大吼大叫。

這全不像他。

早些日子，即使華昌要關門，他也不會提高聲音。

金鈴子冒險推開門，「陳太太來了。」

易秀吸一口氣，不慌不忙，走向前，手搭住丈夫肩膀，只說一句：「怎麼了。」

這三個字救了整個辦公室。

陳珏即時靜下，發覺自己再次露餡，醜態又叫妻子看到。

他臉上肌肉漸漸鬆弛。

抓過外套，拉起妻子手，「我們出去走走。」

金鈴子吁氣。

辦公室裏可以掃到地上之物已全部落地。

易秀問：「什麼事？」

「無事，是我忘記以和為貴。」

幸好外邊大太陽，他們一直走向公園，找到長櫈坐下。

陳珏脫去外套、領帶、襯衫，只剩背心內衣，接着把鞋襪也除掉，赤足放草地，他索性攤開手臂曬太陽。

易秀還是第一次在光天白日下看丈夫袒胸露臂，他腋窩深深，汗毛似小小鳥巢，易秀不禁微笑。

她只覺得他生氣也不難看，必定因為她仍在戀愛中。

陳珏終於開口說話：「要辭職的是我，我真的做膩了，大半生不見天日埋頭辦公室，為子女建橋搭路，他們並不感激。」

「你要他們跪拜嗎。」

「你也似乎不在乎錢財。」

「我無限感恩，結一次婚，什麼都有了。」

「還有一大堆煩惱。」

易秀手指撫摸他嘴唇，陳珏上唇線條分明，洋人叫這種漂亮唇線為丘比特的弓，她輕輕吻他一下。

「易秀，你對我恆久忍耐。」

「也許，你確實應該放一個長假，升鈴子做代總裁吧。」

「她能夠勝任？」

「你有你眼光。」

「只怕眾人不服。」

「華昌是你的公司。」

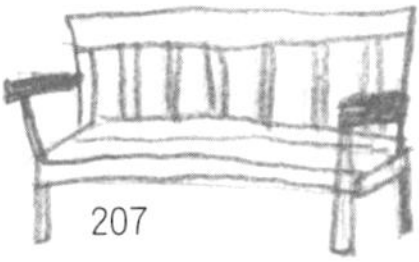

「我真想放假。」

「一星期後，你會巴不得回轉辦公室。」

「別把我看的那麼賤。」

翌日，大清早，他已準備上班，易秀聞到藥水肥皂香。

有人按鈴，是鈴子。

易秀說：「沒事，他一會到公司。」

鈴子一聲不響，從懷中取出一本大型時裝雜誌，放桌上。

易秀一怔，這是幹什麼。

封面半身照是一張雪白粉嫩面孔，衣着暴露，重要部位用肉色薄紗掩住。

易秀多看兩眼，忽然視象與思維銜接：陳思！封面模特兒是陳思。

金鈴子連忙把雜誌反轉，她說：「我回公司。」

她先悄悄離去。

陳珏邊穿外套邊走出，「我回去處理昨日爛攤子。」

易秀儷住動也不敢動。

她真想辭去陳太太一職。

呆坐廚房，翻閱法國刊物中文版雜誌，她有以下觀感：攝影一級，品味不差，女模像安琪兒，這輯照片，足以令陳思成名。

但，女模的父母，不，只是父親，想法又不一樣。

陳思像她父親的美麗豐唇微張，少女誘惑，十五歲到五十歲男性都會多看一眼，可以想像陳珏會如何暴跳如雷。

這是高瑜報復手法吧，抑或，她在浪漫肆意時裝圈打滾日久，覺得是小意思。

這叫什麼，華人的智慧：一波未平，一波又起。

雜誌內文並無提及陳珏名字，這叫放他一馬。

怎麼辦。

她決定做一件從前沒做過的事：佯裝什麼也沒有發生過，不予置評，事不關己已不勞心，陳珏與高瑜生活經驗比她豐富百倍，何勞她做過一次吃力不討好的魯仲連又再做一次。

她把雜誌放入切紙機切成斜角細條，然後在水中泡爛，沖下水廁。

累死人。

找易文逛街。

從一間美術館逛到另一家，連外行的易文都吁氣說：「至今尚未有新人，不是要求高，而是藝術作品首要條件真善美，看着叫人不舒服，那可不及格。」

易秀答：「畢加索名作阿維儂少女叫他第一任妻子奧嘉異常嫌棄，認為醜到無比，後廉價出售，不知多放心。」

殷律師的電郵到：「死啦，死啦。」

易文好笑，「連殷律師都說到死字，什麼大事。」

易秀答：「不知道，別去理她。」

「你不好奇。」

「早就不管閒事。」

易文看着姐姐：「這種冷淡，叫做成熟。」

若干人擅扮少不更事，拉着親友，當着眾人，硬是尋根問底，「『哎呀哎呀，為什麼會發生這樣的事，說來聽聽。』」

易文說：「冇事最好。」

當晚，陳珏回到新居，面色不好也不壞，只說想吃白粥，即胃口欠佳。

他當然已看到雜誌封面及內頁，鈴子敢不匯報嗎，食君之祿，替君辦事。

但是他也不動聲色。

兩夫妻竟一般心思，易秀幾乎流着淚鼓掌。

有人越要讓陳家鬧翻天，就越不要有任何動作，無論如何挑釁，只是沒有迴響。

喝完粥，陳珏說：「明日我做身體檢查。」

「我陪你。」

「最好不過。」

金鈴子輕輕告訴易秀：「陳先生看到了，沒找高女士，也不找殷律師，殷師說，高女士倒是詢問你們兩位反應。」

易秀不出聲。

「我答你們不知看到沒有，沒反應。」

「雜誌能擺多久。」

「雖是月刊，大約放個多星期。」

「不就是那樣。」

金鈴子羨佩，「陳太太，發作容易，容忍艱難。」

「我知，說不定還有人看不到好戲，還會如此說：『都這樣了，還敢說什麼！』」

鈴子吁氣。

這時陳珏提高聲音：「過來。」

易秀答：「小人在。」

夫妻間一字不提。

三天後，高瑜忍不住，給易秀電話，輕描淡寫說：「封面拍得怎樣，看到沒有。」

易秀這樣答：「好與壞，母親說了算。」

高瑜意外，這個道理王怎麼忽然沒了原則。

「她父親呢。」

「沒聽他提起，公司忙得不得了，這段日子，陳思交給母親。」

高瑜見全無反應，如中了空拳，跌撞一下。

「你說，尺度如何，可有過份。」

易秀反問：「對時裝品牌可有幫助？」

高瑜乾笑，「陳思倒是一舉成名，不少模特兒公司爭着要與她簽約。」

「那可要問準你這個監護人了。」

高瑜實在講不下去，只得後會有期。

易秀想，放下，自在，為什麼要把整個世界揹自己背上，有人會得寸進尺，找來第二個世界，也一併壓上。

陳珏想必也覺悟到這一點。

多好，夫妻一起頓悟。

週末，他們約易文與鈴子及殷律師在家晚飯，陳香作伴，這孩子像竹樹速度長高，已成青少年。

易文問：「可有女朋友。」

「班上沒有美女。」

「有時，愛人不一定是美人。」

「那可不行。」

陳珏看到香噴噴紅燒肉，吃一塊，再夾一塊，被易秀半途截住。

殷律師看到，心想，叫丈夫注意健康也是調情。

「陳靜好嗎。」

易秀答：「很開心，頭髮留腰際，活脱像美術科學生。」

「那小男生呢。」

「聽説趕到波市，繼續追求，不過陳靜仍不理睬。」

「她已長得比他高比他大。」

「誰叫他一遇挫折便開溜，萬幸他放棄私奔。」

陳珏沒有動靜，殷律師索性問：「你看開了。」

陳珏不以為忤，「並非瀟灑，我可以做的已全做了，幾乎勞動警察，只得聽其自然，放下自在，希望陳靜憑她有限智慧做人。」

「她做的不錯，只説襪子洗後永遠有數隻墮入黑洞，不能配對。」

易秀説：「我問過陳思，她決定跟母親生活一段日子。」

「學業呢。」

「什麼時候都能進修，可是做模特兒靠的是青春。」

「色相。」

「這看你用何種角度了，別人家的女兒，是色相，我們家陳思，是天生麗質。」

「人總是自私。」

飯後，易文陪陳香做功課，談到選科。

「你爸一定叫你讀工商管理吧。」

「他自我七歲開始就作如此建議。」

「你呢。」

「我才讀中一。」

「立下志向也不算早了。」

陳珏回書房聽電話。

易秀說：「真有點想念陳靜陳思，等陳香也離家，一定寂寞。」

「別想得太早，陳珏在陳香廿三歲不會退休。」

「社會上多的是年輕才俊，何必一定用自家子女。」

「你有這種豁達因為你不是錙銖必計生意人。」

易秀只得笑。

殷律師說：「我當初不看好你，搞藝術的女子，一定任性肆意，睡到日上三竿，與一些長髮男與紋身女在一起廝混……」

「謝謝。」

「陳珏有眼光，這次，你是如何教化他。」

「彼此一句話沒說，忽然福至心靈，齊齊決定息事寧人，否則你一句我一句，互相扔垃圾以及更髒穢之物，有何益處，高瑜是陳思親母，又是知識分子，我倆只得假設她不會害陳思，唉。」

「難得。」

「是，做起來極難，倘若人人如此看開放下，那殷師你就沒有生意了。」

大家笑成一團。

日子不好過，雖然說只有難民才會生活飄零，但一般有家有國的人，上午又何嘗知道下午的事，變化突然而來，防不勝防。

春假，易秀剛準備拉隊探陳靜，陳珏鐵青着臉回來說：「金鈴不幹了，辭職到高盛做部門主管。」救命。

易秀知道挖角遲早發生。

她踱步說：「即時升伊做副總裁。」

「有人會不依。」

「那只好失去鈴子。」

「請殷師擬聘書合約，金鈴實在知道我公私太多秘密，不能讓她活着離開華昌。」

鈴子到。

殷律師說：「鈴子你的小單位放租，公司另替你準備寬敞住所，這合約你讀一讀。」

「我並非要脅公司。」

「公司是蠟燭，勿點勿亮，你情有可原。」

「最不捨得陳太太，她待我最好。」

「哈，都為着易秀，你們全有毛病。」

「如果能不走，當然不走的好。」

「那就留下，做生不如做熟。」

「告訴陳先生，我要那間轉角兩邊有窗辦公室。」

「那好似是陳大文的房間。」

「就是他，人前人後叫我丫頭。」

「豈有此理，攆他出去，我最恨性別歧視，他若叫你跟班，我不會這麼氣。」

「放心，他有妻小，走不了。」

「既有經濟負擔，為何跋扈。」

「有些人不懂得萬事留一線，以後好見面。」

「這裏這裏，請簽署。」

這鈴子，忠誠管忠誠，真不是省油的燈。

華昌為她升級，刊登體面啟事，並且，讓記者訪問她，其中一個問題：

「女性在大機構升級，可有所謂玻璃頂蓋，雖然看不見，但有一定上限。」

鈴子這樣回答：「唯一在閣下與級數之間的上限，是閣下的才能，說得明白些，就是要練好本事。」

這般豪氣，叫易秀慚愧，她疏懶，不起勁事業，得過且過，沉迷逸樂，即沒有野心。

才狠狠檢討自身，挑戰來了。

學校要見陳香家長，即刻、馬上、事關重大。

易秀只得匆匆趕往。

只見陳香垂頭坐校長室外，教務主任說：「陳太太請進來。」

鑑貌辨色，大事不妙。

易秀握住陳香的手一下。

她坐在校長面前，等待發落。

「陳太太，有女同學投訴陳香同學在走廊非禮她。」

易秀瞪大雙眼，什麼?!

「陳太太，校方知悉陳香並非你親生，其中，可有疏忽教養。」

鎮定，易秀告訴自己：冷靜，校方兩張口，不可動怒。

她沉聲問：「陳香怎麼說？」

陳香答：「我只不過拉她的背囊，她誤會。」

校長說：「對方家長說你毛手毛腳，摸她背部。」

陳香急得頭眼通紅，「我沒有。」

易秀想一想，接一通電話，請殷律師到學校一趟。

校長愕然，「陳太太，何用叫律師。」

「最好把該位女同學及其監護人也前來對質，否則難以得到真相，這是極理智的仲裁，我雖不在場，可是我向你保證，陳香不是那種男孩。」

校長見事情搞大，愕然，這時班主任說：「律師有操守，作為仲裁，相信公平。」

易秀答：「費用由陳家負責。」

不消半小時，殷律師與對方家長都趕到。

殷律師不徐不疾鎮定地說：「雙方家長暫停發言，待我問話。」

易秀一直坐陳香身旁。

女同學家長怒目瞪着易秀，這年頭的父母，平時都緊張得神經繃斷，更何況出了事。

殷律師的方法很簡單，也不問話，只叫兩個孩子案件重演。

只見女同學在前，陳香在後追上：「等一等，你把筆記還我」，「我還沒用完」，「不行，還我」，伸手去拉女生背囊肩帶，女生被拉住，「停手，不要，停手」，陳香扯下背囊，女生哭，「非禮！」

從—頭—到—尾—沒—有—觸—到—身—體。

校長室靜默。

只有易秀鬆一口氣。

殷律師問：「有無目擊證人？」

班主任說：「我在走廊另一頭目睹一切，女同學坐到在地大哭，並叫非禮，陳香只是魯莽拉扯，不過，女方家長一定要投訴，校方只得調查。」

陳香想說話，被易秀阻止。

對方家長大聲說：「你們拿律師壓人，我們轉校！」

殷律師冷冷問：「校方如何裁決？」

校長答：「陳香可以回家。」

殷律師說：「我們先走一步。」

易秀一直握着陳香的手，到了校門口，陳香擁抱易秀，只叫一聲媽媽。

回到家，易秀問律師：「轉校否。」

殷師答：「轉到何處去，天下烏鴉一樣黑，到處都有刁鑽同學，這種賊喊捉賊的人，遲早受到社會懲罰。」

「由你告訴陳先生。」

「是你說的好，這種事，易秀非要你獨撐。」

晚上，說清楚了，陳珏說：「做得很好，以後，叫陳香離女同學遠遠。」並沒大發雷霆要告校方與女同學家長，他真的變了。

週日下午，看到陳珏靠在小會客室門旁，全神貫注聽房內動靜。

易秀走近，丈夫摟住她，食指放唇上，示意噤聲。

誰在會客室，這是易文授課之處呀。

果然，聽到易文細聲教陳香功課，聽幾句，易秀抬眼，原來在講解性知識。

怪不得陳珏大為感動，如此敏感題目，易文都不避嫌擔起重責，真正難得。

一大一小有對有答，易文全科學化，以事論事，聲線不徐不疾，解釋清楚。

易秀心想，假使少女時期，也有如此導師，為她講解就好了。

這時聽得易文提高聲音：「還有一點最重要，陳香，你是男子，以後，無論什麼時刻，當女方說不，就是不，NO IS NO！你馬上鬆手退開，明白否？」

易文用木尺大力敲打桌子。

木尺啪一聲折斷。

陳香低聲答：「明白。」

「大聲點。」

「不就是不。」

陳珏與易秀輕輕走開。

他倆坐露台看萬家燈火。

陳珏說：「我還是一個幸運的人。」

「我比你更幸運。」

這易文在家最小，無伴，與陳香合拍，見面就喜歡，收他為徒，陳香在問題與麻煩一樣多的青少年艱難發育期遇到一位好導師真是幸運。

陳珏累了，回房休息。

易秀處理一些私人賬務，看到陳珏連鞋子都沒脫，就那樣西服煌然睡床一邊，像來偷情的愛人，而非丈夫。

易秀好笑，她沒幫陳珏脫鞋，就那樣擁被睡在他身邊。

第二早是易秀起不來，睜眼陳珏已去上班。

傭人進房收拾陳先生衣物，對陳太太說：「鈴子找陳太太。」

鈴子說：「我今日搬新辦公室，請你蒞臨參觀。」

「我稍後到。」

辦公室幾乎每張桌子上都放鮮豔玫瑰花，一束束，好看煞人，似花店。

鈴子迎出，「今日情人節，女同事炫耀擁有聽話奉承男友。」

走進明亮大房間，果真升了職不一樣，所以別問人為什麼要往上爬。

「你怎麼沒花。」

「我也不必哄撮男友。」

易秀微笑，「我也沒花。」

「這陳先生不落俗套。」

「陳珏是你偶像。」做什麼都正確有理。

金鈴子為陳太太用私人咖啡機做飲料，「終於有像樣咖啡喝。」

「是你應得報酬。」

這時，她的助手報告：「陳先生往醫務所要找陳太太相陪。」

易秀站起，「我在廿二樓，他何處不舒服。」

金鈴連忙陪易秀上樓。

陳珏見到她一怔，「來得這麼快。」

易秀微笑，「這種事你還找金鈴子。」

「習慣了，她是副總管，什麼都管。」

易秀細細觀察丈夫面色，「什麼事。」

「累得慌，讓醫生替我打針。」

噫，身體不明不白疲乏，許有隱疾，需要關注。

不知不覺，易秀對鈴子說：「請幫我向大學告半天假。」

陳珏笑，「你怎麼叫鈴子做這些事。」

鈴子已笑着出去。

「她不會介意，如不，一早跳職往高盛。」

「我也那麼想。」

醫生這樣說：「老陳全沒事，陳太太放心，」他壓低聲音，「到底是中年人了，精力哪比得從前，還堅持着做十年前工作量，當然會覺得力不從心，況且，陳太太又年輕——」

易秀微微笑。

「注意些，一星期不宜多於三次。」

易秀吃驚，不動聲色，那怎麼行。

醫生說下去：「真殘忍可是，同一件工作，漸漸要多一些時間才做妥，還有，成績還大不如前，這叫體能衰退。」

人類的命運，易秀吁一口氣。

「都說少年時三天只睡兩晚便夠，捱通宵是等閒事，我也不過四十八歲，可是回到家，坐着都能睡一覺。」

陳珏也一樣。

醫生只給多種維生素丸子，並且叮囑：「別信旁門左道，吃得清淡些，步行樓梯上下班當運動已經足夠，凡事量力而為。」

陳珏答：「可是想起年輕時英勇打老虎，到底沮喪。」

「千萬不可如此想，你十分壯健，只是，誰能同十七八歲時蠻力比，同時，用腦的人也比較疲倦，它只佔體積5%，可是攝取能量卻達20%，記住，全球領袖多數已六七十歲。」

易秀不出聲，醫生說話中聽。

「陳先生最叫人羨慕是一頭密髮。」

易秀想說他還有好身段。

離開醫務所，陳珏說：「這叫聽其自然。」

緊緊握住妻子手，叫司機駛往大酒店花店。

花已賣去七七八八，夫妻把剩花聚一起，仍然非常漂亮，令送往易文辦公室。

「其實，她不愁無花。」

「禮多人不怪。」

兩人又往德卑爾斯看首飾。

陳珏機靈，一進店便介紹：「這是陳太太。」

可見以往也曾陪女友同來，免店員認錯人。

服務員何等活絡，立刻笑，「陳太太想看什麼。」

易秀想一想，「獨粒鑽耳環吧。」

服務員取出一副左右一共六卡左右耳環。

「可有再大一些。」

「大一號兩粒八克剛出售，此刻只剩十克，E色VS1，完美切割圓型，但左邊比右邊略小二十份，戴上看不出。」

取出一看，易秀微笑，「正合易文心意。」

陳珏問：「你呢易秀。」

「我從事文藝工作不戴如此炫耀之物。」

誰知店員幽默，說出：「陳太太，不怕，人家只當是贗品。」

易秀笑，「才怪，你看它地球億萬年培育的密集分子精光豈容假冒。」

夫妻倆分頭往工作崗位。

陳珏回公司撥電話給醫生，「有實話現在可以說了。」

醫生莫名其妙，「陳先生，我剛才說的都是實話，你別疑神疑鬼。」

陳珏這才放下心頭大石。

易文收到禮物，相當高興，「耳環是你挑選吧，可以天天戴，配我辦公深色西服，對比美觀，今年正流行如此大顆假首飾，可珠混魚目。」

「媽說爸有點咳嗽，我倆明日去看看。」

「我約了陳香。」

「當然帶他一起，爸可教他刻圖章。」

易老亦無病痛，他輕輕抱怨，「一到傍晚，無端咳十分鐘不停，看書超大半小時，便雙目乾睏，我心知肚明是什麼一回事，還有，半夜醒一兩次上衛生間，再難入寐。」

易媽說：「我這邊也一樣，不用重複訴苦。」

「找些朋友一起運動散心。」

「本來有一堆舊友，病的病，歿的歿，剩下的，一碰頭盡談健康問題，多討厭，少見為妙。」

易文笑，「媽媽還想像少女時說昨日見到哪個美少年不成。」

那邊易父已把雕刻刀取出，與陳香研究篆文。

易母說：「有孫子一起笑談吃喝就提神。」

「母親你真需索無窮。」

「戚太太添了孿生孫兒，今年一歲，會做鬼臉，問他們：『誰的屁最臭』，總有一個會得舉手，戚太日日哈哈笑。」

易秀駭笑，「什麼家教！」

也笑作一團。

兩姐妹借故坐到天黑，司機來接，連他也留住吃炸醬麵。

出門易文掛下臉，「這便是我倆未來寫照。」

「有他們那樣健康，已算幸運。」

「人生沒意思，彷彿昨日還在畏懼考試，今日已經怕老。」

「我教授說：他不是惶恐、害怕、驚駭，也不是失望、慌張、迷惘，他只是想來想去不明白為何一下子活到六十歲。」

「說得好。」

「你願意活至永遠恆久青春？」

「誰養活我。」

「姐夫。」

「他的財富屬於他與子女，我揩些油尚可，世事多變，我靠自身。」

易秀到醫務所找醫生，「你現在可以對我講老實話了。」

「陳太太，」醫生大笑，「陳先生也如此問，我並無任何隱瞞，他健康情況良好。」

易秀也忍不住仰頭笑。

「慢着，陳太太，抬起下巴，讓我檢查。」

他細細撫摸易秀頸項，「這裏，有一塊淋巴腫。」

易秀一怔。

「陳太太，躺下，我替你做掃描，這囊腫有多久了，你上次做體檢是什麼時候，還有，家族可有類此疾病。」

易秀不出聲，背脊涼颼颼。

這時看護忽然警惕說：「醫生，請看陳太腰部。」

袍子掀起，醫生哎呀一聲。

易秀問：「何事。」

「腰背下有一搭紅腫。」

「我也有看到，怕是褲頭太緊之故。」

「不是勒的，陳太太，你可出過水痘。」

「自然。」

「這是幼時水痘病毒潛伏日後發作，俗稱生蛇，不要怕，有藥可治。」

易秀驚駭。

原來她已千瘡百孔全身潰爛而不自知。

「什麼緣故。」

「陳太太，休息不足與壓力過大可能是原因之一，你可是全心全意照顧家人疏忽自身，加上工作緊張，本身抗疫能力降低導致病源。」

啊，易秀長長嘆息。

這些日子，她真的把自身放最後，易秀本人幾乎隱形，沒想到肉身吃不消提出抗議。

她呆呆問醫生：「可是病入膏肓。」

看護先斥責：「哪裏就這樣了！」

易秀像個孩子，低頭垂淚。

醫生用手按紅斑，「治得好，不要難過，患者心情重要。」

易秀痛得跳起。

看護又說：「為什麼不早診治！」

易秀無話可說。

「每日八小時睡眠，準時服藥，藥物副作用包括嘔吐疲乏便秘口乾，若鼻血過多，即時與醫生聯絡，還有，腫瘤細胞檢查明午可知結果，醫務所當知會你。」

易秀輕輕說：「且莫告知陳先生。」

「陳先生應該知曉。」

「我稍後才告訴他。」

易秀告辭。

都是陳珏害的。

服侍能幹聰明男人艱難，服侍瀟灑漂亮男子更辛苦，陳珏兩者俱全，是頭號叫女性筋疲力盡人物。

易秀病倒。

她沒有把病情告訴任何人，易文也不。

腫囊檢驗結果出來，「是良性脂肪瘤，可用小手術摘除。」

「不必，先治紅斑瘡。」

「陳太太，正確名稱是——」

易秀只想好好睡一覺。

她蒙上頭，睡醒後，決定辭職。

兩夫妻都不會更年輕，陳珏以後需要她照顧的地方更多。

今日的子女都不知為什麼忙得慌張，根本不知父母已老，及他們自身將老，等到來不及之際忙把長者往護理院送。

時世講自救。

系主任看到易秀一臉落寞憔悴，也很難受。

「掙扎撐過了這麼久，已不容易。」

易秀忽然想起高瑜這前妻戒不掉煙草，不准吸煙場所嚼尼古丁口香糖，手臂貼滿尼古丁黏貼，聲音早已沙啞，都因為勞累。

古時女子在河邊洗衣，田裏割菜，日光下呼吸新鮮空氣，可能都是自然治療，有益心身，現代女子做不到。

躑躅回家，嘔吐大作。

不知就裏的人一定以為她懷孕。

傭人在廚房正小心把雞湯面上油膩用棉紙吸除，看到太太，「我做碗雞絲煨麵給你。」

易秀點頭。

「太太臉色有點黃，可要服些中藥。」

「中西藥力會起衝突，問過醫生再說。」

「太太近日精神較差，可要告知陳先生。」

「他不注意最好。」

麵吃到嘴，蠟一般些微滋味也無，病人就是病人。

坐露台看易文教陳香玩英式板球，即後來演變成美式壘球，易秀覺聲、影、光，都似隔一層紗不真確，精魂似乎出竅。

她忽然恐懼，英雄只怕病來磨。

紅斑並沒有消失，按下越來越痛，面積似擴大，半夜痛醒呻吟。

鈴子探望，「陳太太我電校方找你，他們說你已辭職，為什麼不知會我？可否告訴我是怎麼一回事。」她臉色鄭重。

易秀再也忍不住，說到底，她只是小女人，她低聲一五一十把病情告訴金鈴。

「傳說，這一搭紅記蔓延至全腰一條蛇似圍住，就會失救。」

「去你的！神經病。」

護士罵完鈴子，易秀心裏有點踏實。

「你不介意，讓我瞧瞧。」

易秀考慮一下，掀起襯衫。

金鈴視察，啊，有半個手掌那樣大，像搗爛草莓搭在皮膚，鮮紅色，凹凸不平，有點可怕。

鈴子「咦」一聲。

易秀說：「陳珏並不察覺，他一直管他忙。」

鈴子明白了，「所以你更加沮喪。」

「他不聞不問，我身上那麼大的紅色瘡疤他不察覺。」

「不，陳太太，你誤會了。」

易秀一怔。

金鈴說：「讓我解釋。」她撥電話：「是，在左邊第一格抽屜，一隻黃色大信封，你立刻給我送來陳宅。」

鈴子喚管家要點心吃。

「辭職也好，可以舒泰休息，只是，為何瞞着大家，為何不說出來。」

秘書報到。

金鈴拆開大黃信封，取出照片攤開，「請看」。

易秀低頭一看，呆住：「從何得來。」

照片順時間序，是她腰間紅斑，拍攝日期清楚列出，約三個月期間，患處自小至大，又好像漸縮，一清二楚，記錄在案。

易秀張大嘴。

「你還不明白，陳太太，這是陳先生在你熟睡時拍攝，他把照片給我，讓我聯絡史丹福大學皮膚專科醫生，查根問底，起初我以為是陳靜或陳思的皮膚，原來是你，醫生忠告：並非大不了，本市醫藥足有能力治療。」

易秀呆呆聽着。

「你們夫妻倆為何各自分頭孤單地苦苦忍耐？」

易秀作不了聲。

她小覷陳珏，她以為他粗心。

「你們倆發神經？」

易秀無言。

「我還以為你們兩人無話不說，肝膽相照，原來還有秘密。」

「我……沒有準備好。」

「皮膚發炎，有什麼要隱瞞，還有，他又如何不問？」

「他尊重我私隱。」

「你們也太文明了，這種壓力有多大，難怪要生病，陳先生一直擔心，親自與史丹福醫學教授通話，人家聽到他就煩。」

易秀整個人鬆弛，像從層層煙霧中走出，她深呼吸一下。

這時，陳珏忽然出現。

「終於肯公開病情了你。」他走近。

「你為何不問。」

「你不願講，總有你的原因，我不方便逼你說出。」

「你偷偷拍攝，為何我毫不醒覺。」

「你不知多疲倦，也有睡不着躲着哭泣的時候，真叫人痛心。」

金鈴丟下一句，「怪不得要結婚，真正傷風感冒也有人陪着緊張。」她故意淡化病情。

陳珏說：「你還不回公司？」

鈴子走到門口，才吁一口氣。

管家追出，「鈴子我燉了西洋參雞你拿回家。」

「有沒有酸菜炒肉絲，我用來撈麵。」

「酸菜不宜多吃，有豆瓣醬炒肉粒筍絲。」

「快給一大缸。」

「太太娘家也愛這個。」

大事化小，小事化無。

辭職後易秀上午可睡到九時，皮癬漸漸結痂。

從頭到尾沒騷擾娘家。

她是最後一代貴客自理的子女，白白叫老人擔驚受怕幹什麼，吃喝玩樂才一起。

聽學生說，他們即使在外邊住，一遇發熱咳嗽，立刻叫父母派車接送陪伴，父母可生氣？他們還巴不得呢，「醫藥費不必自己掏腰包」，學生還笑嘻嘻，真該打。

陳珏告三天假陪易秀複診逛沙灘吃茶睡懶覺。

易秀想，一天也好，西方社會往往隔一段時間放一天家庭日，喘口氣，話話家常，修理門窗，第二天重頭再來。

陳珏說：「不想回辦公室。」

那一頭的總管鈴子來電狂催。

陳說：「權當我死了。」

那倒也真的沒有辦法，什麼事都可以扔下，但，活着要有活着的樣子。

易文感慨：「陳香已差不多齊我眉際高，再也不好意思摟摟抱抱。」

「還有講要在廿一歲時娶你為妻嗎。」

易文悵惘，「不講了。」

「可見什麼都會過去。」

「女孩子追着他跑，他怨聲載道。」

「你得替我留意陳香。」

「你擔心他取向，不會，他自小喜歡裸女，易秀，你擔心這擔心那，容易老。」

「一結婚就人老珠黃，是否柳永說的？」

「不，是賈寶玉。」

「啊他，他對女性最多意見。」

姐妹沉默一會，易秀知道易文有話說。

「姐，我想往英讀離婚訴訟法。」

「父母年邁，不遠行。」

「有你在，一個抵十人。」

「又替我加重擔。」

「姐，本市已找不到好男子。」

「倫敦也缺貨，一半是——，另一半已婚。」

「換個新環境，碰碰運氣。」

「易文，像你這般質素上等女子還要到處流浪覓知音，你的擇偶條件還是降低一些為上。」

「倘若陳珏沒有前妻與子女就最理想。」

易秀微笑，「我不覺那是缺點。」

「你比我偉大。」

「易文，你還沒有真正愛上一個人。」

「是，我聽說一旦遇上，會變得又盲又聾又啞。」

姐夫替易文準備住所，她並沒有客套，她沒有阿叔阿伯兄長，可是天上掉下一個姐夫，各人有各人緣法。

倫敦那邊合作伙伴一聽是陳大班的小姨子前來找對象兼進修，也都忙起來，打算把適齡男子全部邀出相看。

鈴子羨慕，「我也去。」

易秀說：「好主意，你與易文一起住上幾個月。」

陳珏跳腳，「易秀你撬我人手，你回公司幫我。」

易秀抵死不從。

陳珏抱怨：「女大不中留。」

已留鈴子到三十八歲，他還不心足。

暑期，陳靜陳思兩姐妹回華昌實習。

出去那麼久，成熟得多，學會做蛋炒飯與開洗衣機，與繼母交換男友心得。

——「洋人不論少男少女長得真漂亮，都擁有一副長睫，霎眼時像輕盈蝴蝶翅膀，身上強烈體臭，非抹體香膏不可，都不掩飾好色。」

易秀不敢把如此心得轉告她們父親。

陳靜說：「我知道這次回來，最佳出路是幫華昌做事。」思想終於搞通。

說得正確。

陳思有事轉告：「秀姨，我媽媽嗜酒，我有點擔心。」

「喝上兩杯不算什麼。」

「好幾次被抬回公寓連我都不認得。」

「啊。」

「醫生安排她進戒酒所，出來三五天又去酒莊。」

這一陣子陳思想必看到很多。

「奇是奇在並不影響她工作，但是我知道，這是洋人說的蠟燭兩頭燃燒。」

「還看到什麼。」

「見到若干名人，收集了一些合照，多數真人不如相片漂亮，卻全無架子。」

「都說真正名人不會裝腔作勢。」

「我擔心母親。」

「那是她的生活方式。」

「仍然裸體在屋內走來走去，身段鬆弛，大不如前，」老氣橫秋。

「你呢，陳思，打算在何處發展。」

「做平面模特，廿五歲已需退休，我還是進修。」

「三姐弟一起留家，多好。」

「我想住紐約。」

「家中又無怪獸。」

「男友不能上門。」

「陳思，你要小心，莫罹惡疾。」

「母親也那麼警告，我明白其中險惡，一有事，責任全賴女方。」真正長大了。

「陳先生的原則已較為鬆動。」

「秀姨你居功至偉。」

「聽得我好舒服。」

「秀姨，我想要一輛小跑車，出入方便些。」

「好，好，好。」

陳珏只允一輛小房車，比較安全。

家裏又熱鬧起來，大家一起為陳香的校際泳賽打氣，殷律師也一起。

她打量陳家諸人，「都老練了，易秀你也在內，你亦在陳家長大，本來不看好你，誰知邊學邊做，成績超卓。」

「一早知道那麼吃苦，一定打退堂鼓。」

殷律師笑。

這時，易秀輕輕說：「高瑜酗酒。」

「你還關心她。」

「刻薄女人的女人，在地獄有一特殊位置。」

「她酒精中毒，不喝，雙手顫抖。」

「是戒掉的時候了。」

殷律師說：「她或許會聽你。」

「我一生未試過色誘任何人。」

殷律師笑，「陳家子女總算回來。」

「陳珏有資產，小一輩終久會回轉，貧家子女則不得不各散東西覓前程。」

「陳靜回華昌任陳先生社交秘書，很快成為本市名媛新秀。」

好好好

「陳思好像報名讀商科，有無投訴班裏沒有美男？」

「那是陳香，老是抱怨班上無美女。」

「這三個孩子，都不算出色。」

「殷師，他們毋須出人頭地。」

「像你，也終於放棄事業。」

「殷師，我不覺我有事業，只有在頂頂富庶的商業社會，才會產生一班人，指着畫作説：『這是真，那是假。』」

大家笑着看陳香拿了蝶泳三百米冠軍才回家。

隔幾日，易秀給高瑜電話。

高瑜沒認出她聲音，「我，易秀」，她呆一會，「對不起，我喝多兩杯，沒聽清楚。」

「在外頭還是在家？」

「寓所，我通常一個人喝悶酒，免得出醜。」

「可否戒掉，下個決心。」
「有什麼理由要戒酒，它是我唯一好伴侶。」
「殷師說，如果我勸你，你或許會考慮。」
「你又不會與我結婚，否則，我也會學陳珏那般，絕處逢生，重新做人。」
易秀尷尬，「為子女。」
高瑜嘆口氣，「多謝你關心。」
易秀說：「你不能叫子女丟臉。」
「有許多事，易秀，你不知道，陳珏在沒認識你之前，生活異常糜爛，堪稱荒唐。」
易秀有點後悔與她說話，「我還有點事，下次再說。」
「對於陳珏，你又盲又聾又啞。」
易秀掛上電話。

高瑜與陳珏之間，怨隙甚多。

陳珏沒告訴現任妻子的事，她不想浪費精力追究，去日苦多，留着力氣努力將來，中年過後是老年，不知多麻煩：吃藥，看醫生，額外注意儀容言語，不可邋遢，不宜多話，需整整齊齊過日子，與陳珏互相包涵倚賴，你陪我看傷風，我偕你治咳嗽，一起研究何種風濕膏最管用……

還計較他十八廿二，或廿八三十二之際做過些什麼荒謬事呢，婚姻是場耐力賽。

時間像奔雷似追近，五雷轟頂，若無心理準備，還扭扭捏捏計較誰吃虧誰便宜，那是自困囚籠。

當天，陳珏就扭傷足踝回家。

他頹喪得不得了，不願讓易秀視察。

靜與思兩姐妹按住他，易秀一看，腫如紫心番薯，立刻叫醫生。

陳珏嗶嗶叫：「一生從未發生過這樣的事，遵醫囑步行上落樓梯，足下踩到果皮一滑蹬一下，就變成這樣。」
陳思輕輕說：「爸，你老了。」
全家靜默。
陳思知道説錯話。
醫生趕到，檢查，證實只是扭筋，無大礙。
易秀說：「借殷師手杖用一下。」
陳珏沒好氣，「是，我已成老伯伯。」
殷律師帶着數枚手杖探訪。
一支樹枝形銀鹿頭十分瀟灑，「來，陳伯，試一試。」
陳珏氣結，關入書房。
殷律師駭笑。
易秀說：「來日方長，不能再縱容他。」
接着説話，「殷師，你為何長時期靠拐杖，醫科進步，一定可以治妥。」

殷律師答：「我一出生左腳短了兩公分，幼時不知受盡多少揶揄譏笑諷刺欺凌。」

「世上總有壞人。」

「這兩公分坑人。」

「殷師，可以醫。」

「我知道，把腿骨打斷用鋼架螺絲逐些拉長。」

「聽上去可怕，但對醫生來說，不是一回事。」

「年屆半百，多一事不如少一事。」

「噫，說不定活到一百歲，還可以用半個世紀，請你振作，許多人八十歲照樣抗癌，甚至除卻臉上壽斑，你為何氣餒。」

「我不貪圖外表美。」

「會影響腰椎脊骨，我陪你看醫生。」

「易秀，你多管閒事。」

「一定要押着你找醫生。」

「易秀，你治完陳珏又來治我，高瑜說，你叫她戒酒口氣兇狠至極。」

「高瑜進戒酒所沒有？」

「已經一星期，你會探訪她？」

「等你見過骨科醫生我就去探她。」

沒想到醫生表示殷律師的病例最簡單不過，外表看不見傷口，左右兩邊螺絲釘鑽入皮肉，也不會比抽脂肪更恐怖，每星期把架子拉長一點點。

一年後可獲整齊雙腿。

「為什麼要吃這種苦，走路淋浴更不方便，做長了又給誰看。」

易秀大吃一驚，「大律師，給你自家看！虧你學貫中西，才華蓋世，這點道理都不懂。」

醫生笑，「陳太太說得好。」

殷律師這才抬頭，「是我糊塗。」

「真沒想到吃人的禮教一直壓逼女性至廿一世紀，你是自幼給欺壓慣了，腦筋一時轉不過來。」

殷律師終於決定做手術。

易文動身往倫敦，陳香依依不捨。

他說：「反正我也遲早到英。」

熱門讀書地還是英國，家長置下的公寓房子可以用完再用，甚至孫兒也可入住。

易秀送易文一張銀票。

「姐，我夠用。」

「真好笑，我還是第一次聽見有人說錢夠用。」

易文訕訕收好。

「你要小心，外國人也很壞，荷包與肉身都要當心，有人要向你借挪萬元以上款子，立即拒絕。」

「易秀你快成人精。」

「我有名師叫陳珏。」

「他卻一點不防你，殷師說你倆沒訂婚前合約。」

「陳珏有許多事，並非你我知道。」

易文走了，家裏頓時沒那麼光亮。

陳珏話漸多，想必隨着年齡增長，他會更加嚕嗦。

此時，仍然氣宇軒昂。

用慣手杖，居然不願放下。

易秀終於到戒酒所探訪高瑜。

她住豪華郊區治療院，設有廳房特別看護，休息足夠，容貌比較鬆弛。

她說：「你倒來看我，孩子們全部失蹤。」

「別為此不高興，你也不想他們抱住你大腿痛哭。」

高瑜嘆口氣。

她也沒閒着，把設計搬來做，一疊疊，病房似辦公室。

「無論戒何物，都煩躁得想死，早兩天幸虧沒人看見，眼淚鼻涕滾流，皮膚奇癢，抓破流血，太難受了，當下才明白為何叫我戒掉，否則，終有一日，醉死在垃圾箱旁，連累子女面上無光。」

「你明白了。」

「總不能禍延三代，午夜驚醒，像有人要把我五臟拉出，唉，苦不堪言，陳先生可有問起我？」

「他是他，他是成功人士。」

「你真打算與他白頭偕老。」

「想是那樣想。」

「他真好運氣。」

「我也是。」易秀攤攤手。

「你要知道他比你年長一大截。」

「我已有心理準備。」
「你瞭解他否。」
「慢慢來。」
「看樣子沒有什麼可以把你倆分開。」
易秀微笑，「我來過了，你這次要理智毅力戰勝酒精，不要辜負關愛你的人。」
這時，病房門推開，一個全身紅衣高挑女子走入，看到易秀，先是一怔，並不招呼，輕輕走到高瑜身邊，極之親暱熟絡說：「又在忙什麼，多休息為上。」
易秀是聰明人，立刻知道這女子是高瑜的新女友，她識相地說，「我先告辭。」
那女子抬起頭，雙眼卻看向別處，淡淡說：「是易秀吧，你倒是很空閒。」發話了。

喔唷，易秀連忙找門口，不去搭嘴。

「先做好你的後妻，他的前妻，與你無關。」

這話裏有因，易秀一怔。

高瑜想阻止那酸味十足女子的嘴，已經來不及，她說下去：「沒想到你全不介意。」

易秀拉開門就走，感覺似一腳踏到髒東西。

對高瑜再大方寬容也沒用，她恨意一日不消，一日生人勿近。

房門合上之前，聽到那女子說：「黃鼠狼給雞拜年，安着什麼好心。」

高瑜追出，「易秀，你別理她。」

易秀答：「我沒事。」

「易秀，回去仔細想想。」

易秀凝視她，想什麼。

「我不便多講，你留意一下身邊的人。」

易秀一聲不響離去。

真不該探望高瑜，這戒酒所患者全是傷兵，氣氛怪異，充滿負能量，叫她虛弱，雙手發抖。

回到陳宅，她忽然像開了天眼，看到許多平時沒有看到事與物。

陳家子女全部不在。

據管家説，兩女在華昌，陳香到學校習泳。

書房有陳珏換下衣裳，這人，一天起碼換兩次襯衫，盡量維持精神奕奕外觀。

易秀有異感，「還有誰來過。」

傭人回答：「鈴子小姐。」

「她來幹什麼？」

「太太，一直以來，每週一兩次，她總會替陳先生處理一些文件。」

易秀站着，雙目如潛艇瞭望鏡似一百八十度轉移，尋找蛛絲馬跡，可有一管口紅，或是一方絲巾。

金鈴子在華昌工作十多年，在陳宅進出也十多年，要找這個人的紕漏絕不容易。

這個人，身份隱蔽，無色無嗅，潛伏這麼久，歷史恐怕比前後兩任陳太太還長。

太荒謬骯髒。

易秀忽然嘔吐，傭人聞聲連忙趕入收拾。

她接過熱毛巾抹拭。

忽見金鈴走進，手中捧大盒梔子花，見到易秀窘樣，問道：「你不舒服？明日陳香生日，你可有準備？」

這些，一向都由金鈴子籌劃。

難為易秀一直以為她仆心仆命，竭盡全力為陳家服務，不料指揮官另有其人。

她緩緩鎮定下來，「是，陳香十三足歲。」

「真不知送什麼禮物。」

「花花公子雜誌歷年合訂本一套。」

「陳太太。」鈴子咕咕笑。

演技這樣精湛！也許不，是易秀她平常根本沒有好好正眼看過這個人，此刻，金鈴左眼不是稍微睞霎一下嗎，那表示什麼，可是說：笨女人，你真的什麼都不知道？

易秀嘴裏閒閒說：「這是梔子花吧。」

「正是，只開一日，翌日就發黃憔悴。」

「誰喜歡這花。」

「陳太太，是你呀。」

「不，我從來不喜歡任何花。」

鈴子見她鄭重否認，十分納罕，「啊，我記錯。」

易秀過度主觀地以為自己在陳宅做了幾年稱職女主人，其實不，真正女主人另有其人。

她面孔變得煞白。

端詳金鈴：圓圓面孔已經有雙下巴，眉眼細細，毫不起色，銀行區一百個一千個女職員都如此模樣，五短身材，衣着普通，只不過金鈴皮膚細結，頭髮烏亮，討人歡喜。

她混在辦公室、老闆家居、街道與各種場所，都不易發覺。

她擁有社會保護色。

如此平凡女子有這般生存本領，枉高瑜與易秀等精伶聰明女子朦朦然處身明地任她擺弄。

「易秀，你不舒服，你可是懷孕，快去檢查。」

易秀想疲倦地說一句：別再惺惺作態，我都知道了。但身子如置冰窖，說不出話。

她披上外套，「我出去一趟，你安排陳香生日吧。」

「明白。」

易秀找殷律師。

這人是如來佛祖，什麼都瞞不過她的法眼。

易秀在她對面坐下，取過拔蘭地斟出喝兩口，冰冷手腳始終未能暖和。

兩女沉默。

終於易秀說：「殷律師，你該下地獄。」

「為客戶水裏去火裏去是我們職責。」

「我以為我倆是朋友。」

「易秀，你到底年輕，我有什麼得罪你？」

「你是同謀，在法律上，劫匪進銀行搶劫，你坐車中在街上看風，一樣同罪。」

「誰是劫匪，誰是同謀？」

「陳珏指使你，你與另一個人同謀。」

「我們都以為你一早知曉，只道你涵養工夫神功練成，這麼些日子，只是扮天真，今日見你聲勢洶洶我才明白，你是真不知道，沒看出究竟。」

這是一個局，只得一條狹窄通路，易秀緩緩走進，看到陳珏這尾餌，思昏迷戀，一切都試圖克服，但，世上好得不似真的事與人，大抵也全部不是真的。

殷師說下去：「陳珏這麼些年來，屯積財產地位，當然也染有若干醜惡積習，你接受與否，請看在尊嚴份上，不要聲張。」

「我吃了啞巴虧。」

「不算吃虧了，易秀，你不能期望陳珏是冰清玉潔的男子。」

「是我想得太好，今日我明白了。」

殷師也覺得惋惜，紙，始終包不住火。

她已預知結果，像易秀那般性格，決不能包涵陳珏這個紕漏。

易秀問：「為什麼？」

「只有孩子才問為什麼。」

「就當我是孩子。」

「因為他們可以那樣放肆，因為男性多數那般自私，我也只不過猜想，我沒有男伴，毋須玩勾心鬥角遊戲。」

「換了你怎麼做。」

「一些女性可以若無其事過一世，我？我不知道。」

易秀再問：「我呢？」

「我豈能代你作主。」

「這三年——」

「我知道你花了不少精氣，算是雖敗猶榮。」

易秀忽然笑出聲。

隔一會她說：「替我向陳先生告假。」

「不，你自己説，你不是他受薪職員。」

「對，應該親力親為。」

回到新居，還新居呢，她想回娘家，但不能為父母添亂，索性住到酒店。

第二早，陳先生親自按房門鐘，「你怎麼睡到這裏，有什麼事可以講，是孩子們得罪你？」

他不是在演戲，他根本就是劇中人。

「我也會擔心，幸虧你車子置GPS。」

易秀平靜説：「我想告假一個月，到歐洲走一趟。」

他握着她的手，「都往歐洲跑，本市怎麼辦。」

易秀緩緩縮回手，一夜之間，她已視他為蛇蠍，他碰到她，她渾身起疙瘩。

陳珏何等敏感，他即刻知道有事不妥。

可笑的是，隱瞞那麼久，他已忘記隱瞞的是何事，一時竟想不起。

「你去探訪易文也好。」

「謝謝你准假。」

「易秀，有話要說出，悶在胸中不妥。」

「是，你說得對，陳先生，我就說出好了，你身邊有一個人，倘若我一個月後回轉，這人還在華昌，你仍然留着這人，那麼，我不得不永遠離開。」

這已是易秀最低界限。

陳珏怔住。

這是一種恫嚇，陳珏從來沒遇到過這種測試。

易秀微笑，「我今晚動身。」

她把陳珏留酒店房間，穿鞋出門，上一夜她根本未曾更衣。

在陳家門口遇見金鈴，她一貫腔調表情，親善而不見肉麻，「陳太太，你去何處，陳先生找了一夜。」

易秀朝她點點頭，不敢正眼看她，她們這種人，偶然不經意會露出真相，不知是何等怪獸，在陳家吸收日月精華已久，化為人形。

陳香迎出，「媽媽。」抱住她，連小孩都知出事。

易秀摟住，「好孩子，我們一起往倫敦探文姨好不好。」

金鈴子忽然添一句：「陳香未成年，要陳先生批准。」

當然，易秀怎麼忘記。

她自己訂飛機票，鈴子爭說：「這些事，我幫你做。」

易秀輕輕答：「你還是回公司吧。」

金鈴到此時也覺察氣氛不對，輕聲告辭離去。

易秀發誓她看見鈴子轉身後有一條花斑尾巴，長長左右搖擺，不過很快收起。

她關上房間，睡上一覺。

還是做噩夢了。

夢見腰間紅瘡忽然又腫起，這次腫得不一樣，一粒粒凸出密麻小腫疤，看仔細些，頂上有孔，軟蟲蠕蠕鑽出，蠢蠢欲動，那蟲頭還有晶亮黑點眼睛，瞪住她。

易秀驚駭，順手抓住剪刀，往芝麻般蟲洞瘡直刮，鮮血遍床，她尖聲叫嚷。

驚醒，看到陳珏坐在床頭，她驚呼得更高聲，屋內所有傭人都奔近，「什麼事，什麼事。」

陳珏掩上門。

易秀緩緩坐下，雙手掩臉。

她元氣已失，精神衰敗，不堪一擊。

終於她說：「我這就往飛機場，陳香隨時可來探訪。」

「我已請易文接你。」

易秀拎着行李出門。

陳香生日，同學已陸續到會，只見會客室擺滿各種最新電子遊戲，飯桌上全是青少年愛吃煎炸食物，目不暇給。

不過，不見金鈴子。

易秀從邊門悄悄離去。

不料陳珏已端坐車中。

易秀不想大動作，默默上車。

陳珏不出聲，易秀始終沒讓他握手。

陳珏不出聲。

兩人曾經那樣親熱，有一段時間，易秀曾經認為天雷也劈不開他倆，誰知高瑜一句話，他們就落得如此地步，那麼脆弱。

這是易秀的死脈練門，一觸即散，陳珏實在高估了她，氣量狹窄的她眼內容不下一粒沙。

知道事實，認清自身，易秀漸漸安靜。

陳珏一直送她到禁區門口。

他終於說：「倦了就回家。」

易秀牽牽嘴角，他擁抱她，易秀身體似一塊木塊，她也詫異，竟無法控制自身隨意肌。

坐到飛機座位，她終於落下眼淚，而且一直沒法停止，不一會雙眼通紅。

身邊座位老先生忽然拍拍她的肩膀：「親愛的，相信我，這也會過去。」

易秀索性靠在他肩上痛哭。

「我不能原諒他。」

「那就另外找新男伴。」

老先生已看透世情。

半途中，有人叫她，「易秀，陳先生叫我陪你。」

抬頭一看，是殷律師。

老先生站起，「你坐這裏，我去別的空位。」

易秀頹然，握住殷律師雙手。

「陳先生怪我辦事不力，罰我坐經濟位。」

「怎麼連累你，你腿上傷勢——」

「倫敦也有醫生。」

殷律師胃口極佳，喝香檳，吃奶油龍蝦。

她愉快地說：「陳珏魂不附體，已遣散那人。」

她叫服務員添酒，「那人懂得收篷，不聲不響離去，聽說回新加坡娘家。」

易秀牽牽嘴角。

「探訪完易文，怒氣也該下去，回家吧，我知你不捨得陳香。」

易秀不出聲。

引擎聲隆隆催眠，她沉沉睡着，這次，噩夢更加叫她噁心，她發覺臉頰漸腫，皮膚被撐至半透明，裏邊有東西蠢蠢欲動，又癢又痛，她伸手用力抓破，忽然，纍纍千萬隻白色蝨子落下，她驚叫揮動雙手。

嚇得殷律師彈起。

飛機艙最怕這種異動，服務員立刻鐵青面孔走近視察。

「沒事沒事，她做噩夢。」

殷律師連忙給鎮靜藥物。

一路上易秀再也沒有說話。

下飛機之前她與老先生相擁話別。

易文是一支強心針，駕車來接，神色如常，一路介紹倫敦經濟情況，「都叫歐盟拖垮，誰會想到浪漫愛琴海會變難民偷渡苦海，那是伊卡拉斯蠟翼融化墮海之處啊。」

殷律師喃喃答：「飛得太近太陽神阿波羅……」

市中心舊公寓房子，三層，沒有升降機，車子只得停路邊，但樓面高，房間大，十分舒適，「殷師，大家擠一擠可好。」

殷律師搖頭，「我早已吃不消這種活動，我有酒店房間，休息完畢就走，易秀，你記得那幢鄉間房子嗎，你可住到那裏。」

易文用一隻小鍋煮咖啡，「我最喜歡這種無拘無束學生生活，什麼都不計較，海闊天空，髒衣堆積如山，被褥經月不洗，幹嘛為這些煩惱，吾生也有涯。」

易秀不出聲。

這是人們不願長大的原因吧。

「易秀，你自己找節目，我要上課，不要辜負倫敦，四處都是風景，走累坐下喝黑啤吃炸魚。」

「你可知道端倪？」

易文答：「還有什麼關係，你斷不會再留下，你這人一不怕窮二不怕苦，最怕骯髒，我是你妹，我最清楚。」

她抓起書包離去。

易秀淋浴梳洗更衣，出外蹓躂，無心來回走同一條街，角落吹色士風討錢的年輕人已看到她三次，擠眼笑問：「小姐你是否對我有意」，易秀笑出聲，掏出鈔票給他，「喂小姐，我不介意收工喝咖啡。」

易秀抬頭，看到蘇連士拍賣行招牌。

老馬識途，走到這裏。

在門口張望一下，櫥窗掛着一張羅利的童體畫。

正凝視，店員忽然發現是她，興奮拉開門，「是易小姐否，為啥站門口，快進，快進。」

易秀像到了家，淚盈於睫。

難得還有歡迎她的人，往昔她何等風流，在歷史與顏色中周旋，開口閉口都是美術。

店員大聲喊：「看是哪個老朋友來看我們！」

店長立刻走出，滿面笑容，「快，快，叫人送下午茶，太高興了。」

坐下，渾忘世事，茶香糕甜，談起第二天拍賣事宜。

員工把幾張翌日待沽的畫作捧出，讓易秀欣賞。

各畫證書一大疊，由出生到現時，數百年，一手轉一手，均有人證物證，轉讓出售文件，一絲不苟，每個印章每枚標籤都明確指出無誤，方能擺上拍賣枱。

有一副色彩鮮艷花卉圖，無簽署，無證明，底價五萬鎊。

「這不是小數目，當然，也還不過是名家作品百分之一，畫從何處得來。」

「德國一間小美術館籌維修費用，挪出若干畫作拍賣，這張畫，他們研究十年以上，不知何人所畫，廉價出售。」

「可有做過顏料畫布研究。」

「核實均屬十九世紀末期，所以索價五萬。」

「看上去還算喜悅，拿去照愛克斯光，也許會有細節。」

「易小姐，美術館經濟拮据，這照胇費用動輒上萬鎊，且還要送到著名大學像麻省理工的物理系，他們不打算追究。」

「多可惜。」

「易小姐，你可有蛛絲馬跡。」

易秀細細端詳，把畫拿到陽光之下。

噫，這畫不比名門望族的千金小姐，身份曖昧，不見得有人會在它身上投資。

她目光落在群花中一朵小黃菊身上，它在畫最右角，只簡單四片花瓣，那黃色鮮艷耀目，似有特殊生命力，叫易秀心一動，十九世紀末期……凄艷的黃色……

易秀說：「明日我會到拍賣場。」

「今晚大家吃頓飯敍舊可好。」

「好呀，不醉無歸。」

易秀沒喝醉，正在大快朵頤，易文找上餐館，低聲斥責：「這麼晚不回

好好好

家，嚇得我。」

易秀輕輕說：「你怕我自殺。」

「啐，沒有的事。」

大家坐下，吃喝到深夜，拍賣行結賬。

第二天幾乎爬不起床，慶幸一夜甜睡，夢中不見蛇蟲鼠蟻。

易秀換上適當衣服到拍賣會。

那副花卉圖無人出價。

易秀只舉一次牌子，順利買到手。

眾人轉頭看她，只是個生面年輕女子，大抵替客戶投資，沒有經驗，高價購回無名氏。

易秀站起，走到鄰室茶點廳，自助菜桌子擺滿精緻小點，她看到一碟小包子，噯，沒想到有中式點心，順手拿一個，掰開一看，意外之喜，豆沙餡，她索性整個塞進嘴，咬下，香甜得不得了，噫，活着還是好的，這是上天給她示意。

她鼓動兩腮，咕吱咕吱咀嚼享受食物。

有人叫她，「是易小姐嗎？」

她轉過頭，見一中年阿利安金髮藍眼衣着整齊陌生男子叫她。

她連忙停止咀嚼，對他點點頭。

中年男子看到一個直髮小圓臉東方女子，這不稀奇，華裔漸漸喜歡投資畫作，但她年輕，打扮樸素，這還不止，嘴裏塞滿食物，兩腮鼓起如隻倉鼠，嘴角還有糕屑，彷彿專程來吃。

他從未在鄭重場合見過這樣可愛的人，想笑又不好意思，只好再問一聲：「易小姐？」

她又再點頭，嘴巴太滿開不了口。

「易小姐，你剛才買的花卉圖，我能否加一成請你轉手。」

易秀連忙把嘴內食物吞嚥，「你看出什麼。」

「有一朵黃花——」

「是，說下去。」

中年人見她老氣橫秋，不禁微笑，「筆觸強勁，如欲申訴。」

「一朵花不足夠表示什麼。」

「你也看到了。」

「那般鮮艷色彩繁華底下卻透露衰敗之意，最燦爛片刻似即將消逝，可是這樣。」

「啊易小姐，你說到我心坎裏。」

拍賣員走近，「林利子爵，你終於見到易小姐。」

易秀笑，「太遲，我探到這幅畫的真相後會知會你。」

她朝子爵頷首離去。

回到公寓，她開始做研究工作。

她猜測這是早期畫作，筆觸顏料還未完全透出絕望自毀意願。

那小美術館的主管當初也一定若有所思吧。

她與那主管聯絡。

「易小姐，感謝你慷慨支持，當初得到那張畫的負責人已經辭世，只知他由荷蘭皇家美術學院購得此畫。」

易秀一怔，她沉醉到十八世紀末期世界。

她即與大學有關部門接頭，「我將親自帶畫上門求教，訂下約會。」

易文知悉，蹬足，「你那傻勁又回轉，廢寢忘餐，迷戀畫中精靈，真嚇人，陳靜在波士頓出差，我請她作你助手。」

陳靜歡喜之極，接過易秀手中的畫，捧懷中，一起到大學實驗室。

易秀說：「一輩子住在大學多好。」

「也有人事鬥爭。」

「舉起白旗還是可以保命，不比外間，不留俘虜。」

「秀姨，你同爸的事——」

「此刻你只是我學生助手，不說那些。」

「我傷心呀。」

「世間難免刺心事。」

畫像掃描的結果叫她們倆張大嘴作不了聲。

畫底有畫，清晰是兩個年輕男子裸上身穿短褲摔角圖。

易秀緊張得說不出話。

她即時知會蘇連士拍賣行，「有頭緒，我即往荷蘭皇家美術學院查究，啊，請代知會林利子爵，我有所發現。」

抵達阿姆斯特丹，易秀真氣似恢復一半，她可以挺腰仰頭走路，但，身上衣服三天未換，必定有氣味，身邊沒有行李，只好如此。

學院美術主任接待，易秀說明來意，「貴校一向避用裸體男女模特兒，只請他們作出運動模式供學生寫生……」

主任把她們帶到畫室。

一群學生在寫素描，果然，模特是一對摔角手，雙臂搭住對方，彎腰，肌肉凸現，同那幅畫底之畫一模一樣。

啊，這時，畫師的名字終於透露，易秀說：「梵高在一八七三年，曾在貴校學習。」

系主任說：「是呀，才一年光景，忽然離校轉讀神學，一去無蹤。」

「這幅畫你可認得。」

「噫，這黑白素描摔角圖，明確顯示他的筆觸。」

「但為何畫上有畫。」

「須知梵哥當年經濟拮据，買不起新畫布，只得在素描上添上彩色花卉遮掩舊作，彼時不少美術生都那樣做——我在說什麼，」主任苦笑，「此時尚有許多學生捱窮。」

「啊，你們可有收藏若干梵高素描圖可供印證？」

背後先有人笑出聲。

易秀轉頭，意外之喜，「林利，你好。」

「可不就是我，聽到消息立即追上。」

「如何，你有資料？」

他邀她到運河邊喝咖啡詳談。

林利出示他收藏的若干梵高素描。

「好傢伙！」易秀興奮拍他肩膀。

林利看着她，視線略為模糊，他側過頭，去年才離婚的他沒想到這麼快又會鍾情一個人。

「我可以請若干專家證明素描出自同一人，易小姐一張畫價格買兩張畫，你有進賬。」

「你為什麼錯過拍賣？」

「途中見一自行車撞倒一對母女，我停車載她倆往醫院。」

「你看，什麼都是注定。」

「誰說不是。」

過一個月，那副花卉圖，重新在蘇連士拍賣行出售，十分轟動，以百倍價格售出。

易文與陳靜驚喜，朝易秀舉臂拜膜，「說一說，如何發現真跡。」

易秀答：「只有傷心人才看出傷心意。」

她在碼頭附近租一層公寓，放一張床褥，一桌一椅，住下，恢復舊時樣貌。

林利大方追求，易秀輕輕說：「我們只是談得來。」

「那已足夠。」

「我尚未辦離婚。」

「此刻着手正是時候。」

每次探訪，金髮穿深色西服的林利總會手持一束紅玫瑰，聽上去雖然俗氣，但他步下賓利房車的姿勢是那樣自然，又不掩飾臉上盼望之情，都叫易秀感動。

還有更重要一點：林利沒有子女。

這些時候，陳珏並無騷擾易秀。

一日，易秀在露台曬太陽看風景，打掃工人應門，報告說：「一位陳先生來訪。」

易秀一聽，知是陳珏。

他當然帶着殷律師與陳香。

易秀與陳香擁抱，「文姨呢。」

殷律師說：「陳先生，易秀，你們慢慢談，我陪阿香找易文。」

易秀學易文那樣，用一隻小鍋煮咖啡招待。

陳珏並不見特別憔悴，他說：「十分想念你。」

易秀坦白說：「我也是。」

「秀，可有機會重頭再來。」

易秀答：「這問題我問過自己千萬次，真是想不到用何種膠水才能重新黏合，聽說新近發明一種鐳射萬能膠，用鐳射光束——」

「易秀。」

「我無法拔去心頭刺，不懂得怎樣再愛你。」

「我對不起你。」

易秀仍然不想與他有肢體接觸，站離他遠遠。

「那三年，我嘗試做一份從未做過缺乏經驗工作，手忙腳亂，錯誤百出，請你包涵。」

「聽說你已有新男伴。」

「那不是原因。」

他有點嗚咽，「那麼，是我不知珍惜福份。」

「你一定會找到更好對象。」

不知恁地，緣份到此為止，說話特別容易。

「易老兩夫妻希望你回家解釋。」

易秀不禁哈哈笑，「我不抱怨，亦不解釋。」

「我讓殷律師做文件。」

「拜託。」

「秀，你知道，你在外有事，隨時可以找我。」

易秀點點頭，她感慨得開不了口，陳家人口人事複雜，她迷昏頭才覺得可以擔當女主人角色，此刻醒覺，唉，獨身有獨身好處。

陳珏說：「陳香將入讀寄宿學校，正勤學詠春準備隨時與欺凌者打架，請你與易文照顧。」

「一定。」

已無話可說，他想上前擁抱易秀，她一步退開，陳珏黯然，由此可知，她的創傷是何等深痛，他低頭離去。

易秀仍然回到露台那張椅子上發獃。

殷律師電話到，「我一早叫他有心理準備。」

「殷師，你腳上鈦金屬釘子已經除脱？」

「是呀，托你鴻福，成績理想，我雙腳終於一般長度，遲些可練穿高跟鞋。」

「哈哈哈。」

「易秀，文件做好待你簽署，陳先生說，要什麼儘管開口。」

「暫時別把這事告知我老父老媽，還有，他們享用的特殊待遇，請陳先生持續。」

「一定。」

話已講完。

「那人——」

易秀已掛斷電話。

天色陰沉，風雨欲來，易秀只當是一場歷練，只不過，太傷心了一點，迄今，她的腰間隱隱作痛，需要喝香檳治療。

生活靜好，好，好。

（全書完）

書名　好好好　　作者　亦舒

出版　天地圖書有限公司
香港皇后大道東109-115號
智群商業中心十五字樓
電話：2528 3671　傳真：2865 2609

香港灣仔莊士敦道三十號地庫／一樓（門市部）
電話：2865 0708　傳真：2861 1541

設計及插圖　Untitled Workshop

印刷　亨泰印刷有限公司
柴灣利眾街27號德景工業大廈十字樓
電話：2896 3687　傳真：2558 1902

發行　香港聯合書刊物流有限公司
香港新界大埔汀麗路36號
中華商務印刷大廈3字樓
電話：2150 2100　傳真：2407 3062

出版日期　二〇一八年二月／初版·香港